水無月家の許嫁　二

輝夜姫の恋煩い

友麻 碧

講談社
タイガ

イラスト——花邑まい
デザイン——ムシカゴグラフィクス

目次

人物紹介

水無月《みなづき》六花《りっか》

高校一年生。天女の末裔《まつえい》、水無月家本家の血を引く。耳に神通力があり、〝輝夜姫〟の二つ名を持つ。

水無月文也《ふみや》

六花の許嫁《いいなずけ》。水無月家の五十五代目の当主を務めているが、本来は分家の人間。声に神通力がある。

{ 洛曜学園 }

土御門《つちみかど》カレン
洛曜学園の生徒会長。陰陽師の名門の一族。

芦屋《あしや》大介《だいすけ》
同じく陰陽師の名門の一族で、生徒会役員。カレンの許嫁。

{ 六花の家族 }

水無月六蔵《りくぞう》
六花の父。月帰病でこの世を去る。

片瀬《かたせ》彩子《あやこ》
六花の母。六花への虐待が原因で離婚する。

片瀬六美《むつみ》
六花の双子の姉。天女の神通力を持たない。

{水無月家}

水無月葉《よう》

文也の弟。六花と同じクラスで、
美術部に所属している。

水無月卯美《うみ》

文也と葉の妹。結界の力を使って
自宅を〝警備〟している。

水無月照子《てるこ》

文也の母。天川一門の出身で、
伝心の神通力を持っている。
夢幻病を患って入院している。

水無月天也《てんや》

文也の父で、六蔵の幼馴染。
ある事故で命を落とす。

水無月霜門《しもん》

文也の伯父であり、照子の兄。
変化の神通力を持っており、
普段は三毛猫の姿。

水無月十六夜《いざよい》

先代当主。
最大の家宝である
天女の羽衣を隠したまま、
二年前に亡くなる。

{ 長浜の水無月 }

水無月信長《のぶなが》

分家・長浜の水無月家の跡取り。本家と敵対している。卯美の許嫁でもある。

水無月真理雄《まりお》

信長の付き人。結界の力を持つ。常に狐面をしている。

伏見の水無月

水無月皐太郎《こうたろう》

分家・伏見の水無月の人間。時折、文也の付き人をしている。本家の税理士であり、顧問弁護士。

水無月千鳥《ちどり》

文也の祖母で、伏見の水無月の総女将。優れた着物職人。

天川の水無月

水無月神奈《かんな》

分家・天川の水無月家の跡取り。飛行の神通力を持つため、〝弁天〟の二つ名を襲名している。

水無月家家系図

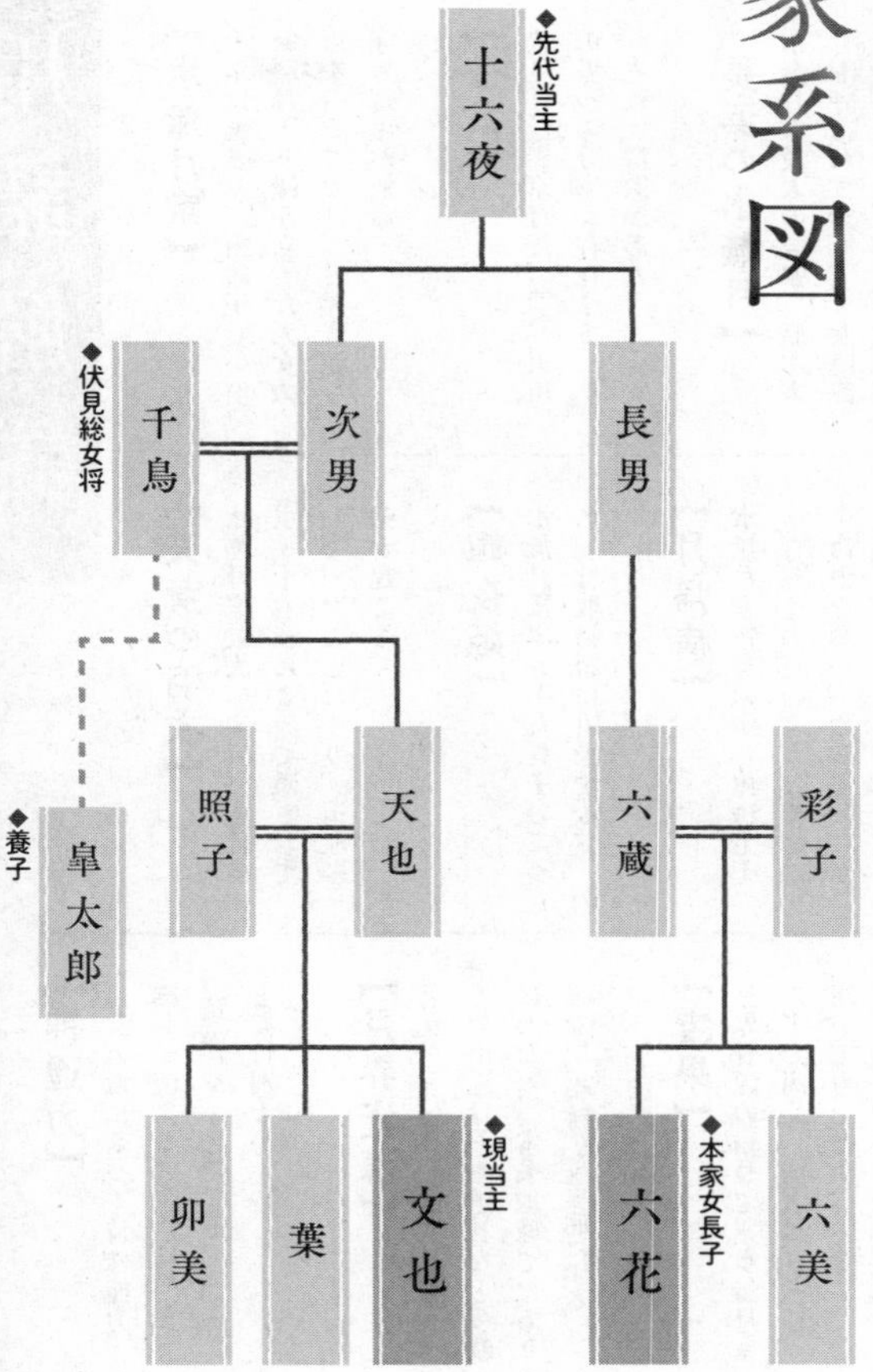

用語解説

【水無月家】

千年以上続く、由緒正しい旧家。月より降り立った天女の血を引いており、月界資源を守ることが使命。


【分家】

伏見、長浜、京丹後、高石、天川の五つの分家が存在する。それぞれに特徴がある。


【長浜の水無月】

水無月家最大の分家。裏本家とも呼ばれており、天女降臨の聖地を守り続けている。


【天女の羽衣】

水無月家最大の家宝。先代当主・十六夜によって隠されてしまったことにより、遺産騒動が起こる。


【輝夜姫】

水無月家本家の女長子の二つ名。竹取物語に由来する。


【月帰病】

水無月家特有の病。体に生える青緑色の石のような植物が生命力を奪い、やがて死に至る。


【神通力】

天女の血に基づく特殊能力。誰もが使える〝念動〟に加えて、〝結界〟や〝変化〟など、一人ひとり特別な力を持つ。


【月界資源】

天女がもたらした月の資源で、その用途は薬や道具など多岐にわたる。本来地球ではありえない〝奇跡〟を可能にする。


【宝果】

月界資源の一つで、水無月家の主力商品。別名は〝月苺〟。高い霊力を宿す。

水無月家の許嫁 二

輝夜姫の恋煩い

第一話

水無月家の夏

京都嵐山《あらしやま》。鮮やかな夏の緑に沈むように、水無月《みなづき》の本家のお屋敷《やしき》は存在する。

そこに暮らすのは若き当主と、そのご兄弟。

そして私、水無月六花《りっか》。

私は水無月家本家当主の——許嫁《いいなずけ》である。


水無月家の朝は早い。

当主の文也《ふみや》さんが、早朝から広大な庭に息づく植物たちの面倒を見ているからだ。

私もそれに合わせて朝早くに起き、着付けの練習も兼ねて着物を着て、母屋の台所で朝食の準備をしていた。

静けさの中で、お鍋《なべ》がコトコトと音を立てている。

その傍《かたわ》らでザクザクザクと野菜を切る。

この野菜は、昨日庭の畑で採れたツルムラサキ。

仄《ほの》かなネバネバ感があって美味《おい》しい野菜だ。半分はお味噌汁《みそしる》に入れるとして、もう半分は丹波《たんば》しめじとベーコン、ニンニクとバター醬油《しょうゆ》とで炒《いた》めて、朝食のおかずにしたり、お弁当の副菜にしたりする。至って簡単なメニューだが、炒めている時に香り立つ、バター醬油の香ばしさが好きだ。

丹波しめじは京都に来て初めて食べたけど、大粒で、驚くほど香りがよくて大好きになった食材の一つだ。これを味わってしまうと普通のしめじが少し物足りなく感じてしまうほど。

本家にやってきて二ヵ月近くが経《た》とうとしている。

私も少しずつこの家に馴染《なじ》み、日々のペースを摑《つか》みつつある。

お屋敷は大きいがお手伝いさんはいない。食事を作れる人がいなかったというのもあり、その役割を私が担っている。家族の中での役割を貰《もら》えたことが、一家に馴染むのに一役買っているのかもしれない。

「あ……」

台所の窓から、たすき掛けした袴《はかま》姿の文也さんが、庭の奥から戻ってくるのが見えた。

文也さんのお仕事の手伝いをしている月鞠河童《つきまりかっぱ》たちも、後をチョロチョロとついてきている。この光景が、とても微笑《ほほえ》ましい。

私は慌てて台所の火を消し、隣の居間の縁側に出る。

すると文也さんも私に気がつき、軽く頭を下げるのだった。

「おはようございます、六花さん」

「おはようございます……っ、文也さん」

水無月文也さん。水無月家の若きご当主だ。

礼儀正しく凛《りん》とした、洗練された佇《たたず》まいの、二歳年上の私の許嫁。

色素の薄い髪や肌、涼しげな目元やクールな表情、淡々とした語り方が、最初は少し怖かった。

だけど、今は……

「どうぞ」

清涼な空気が流れる中、文也さんの落ち着いた声が、心地よく私の耳を掠《かす》める。

文也さんが差し出したのは、一輪の花だった。

小さくて白い、儚《はかな》い花。星形の花弁が可愛《かわい》らしい。

私は目をパチパチと瞬《まばた》かせ、それを受け取る。

「これは？」

「今日の花は、五芒花《ごぼうばな》といいます」

「……ごぼうの花ですか⁉」

「あ。いえ、ごぼうの花ではありません。これも月界《げっかい》植物なのです」

文也さん、軽く慌てている。

そして私の持つ五芒花を手のひらで覆《おお》って、花弁の周囲を暗くして見せた。

「五芒というのは五つの先端を持つ図形、つまり星印のことです。ほら、一本線で絵に描くような星の形をしていて、花弁の頂きがほんのり光って点滅しているでしょう……？」

「わあ、本当ですね」

水無月家で育つ植物は、一般的な図鑑には載っていないような、不思議なものばかり。毎朝、文也さんはこの庭に咲く花を一輪だけ摘んできてくれる。

そしてそれを私に贈ってくれる。ついでに花の話をしてくれる。

私はこの時間を心待ちにしていて、花を受け取る瞬間の、密《ひそ》かな胸のトキメキに気がついている。

それが恋心なのだと、私はもう知っていた。


天女の末裔《まつえい》、水無月家――

千年以上の歴史を持ち、公家《くげ》、華族を経《へ》て、今も由緒ある旧家だが、何より特殊なのは水無月家が羽衣伝説で有名な〝天女〟の血を引く一族であることだ。

天女が月よりもたらした月界資源を永きにわたって管理し続けており、それを一族の絶対の使命としている。

というのも、月界資源の管理ができるのは天女の血を引く人間だけだったからだ。

それゆえに水無月家の人間は、幼い頃より〝許嫁〟を定め、天女の血とその力を薄めぬよう努めてきた。

水無月家は本家と五つの分家に枝分かれしており、それぞれが特徴的な月界資源や月界技術を管理、継承している。

私の許嫁である文也さんもまた、本家の当主として、嵐山の山中で日々月界植物の世話をしたり、月界生物の観察、記録をしたりしているのだった。

月界の資源や技術は、京都の陰陽界《おんみょうかい》において、非常に有用な薬、道具などを生み出し、役立ってきた歴史がある。

一説によると、月界資源とは本来地球でありえない〝奇跡〟を可能にするという。

現代も、水無月家にそれを求めてやってくる者たちは数多くいるのだった。


「はああ～。待ちに待った、お給料のお時間でし」

「お給料……お給食……おきゅうり？　でし？」

「働かざる者、食うべからず、でし？」

「はああ～。労働が捗《はかど》るでし～」

「ボス～。ボス～。今日もいっぱい働いたでし～。夏のボーナスありましか～？」

月鞠河童という、水無月の庭に住み着く饅頭《まんじゅう》サイズのあやかしたちがいる。

背中の甲羅に月模様の入った、つぶらな瞳《ひとみ》と柔らかなボディが特徴的な河童たちだ。

一種の妖怪《ようかい》とはいえ、ゆるキャラのような見た目をしており、文也さんを「ボス」と慕《した》って日々のお仕事を手伝っている。

文也さん曰《いわ》く、月鞠河童は甘えん坊で付きまといグセがあり、間抜けで食い意地が張っていてお調子者で喧《やかま》しいが、一度覚えた仕事はしっかりこなすため、トータルでは有能、とのことだった。

今朝も今朝とて、庭先で文也さんが配る三日月瓜《みかづきうり》（ほぼきゅうり）を嬉《うれ》しそうに頂戴《ちょうだい》し、必死になって啄《つい》ばんでいた。更には、あっちこっちで三日月瓜の奪い合いなど始まって、その度に文也さんが「人様の食べ物を奪うな！」と叱《しか》っている。

月鞠河童たちは「ほげー」とした間抜け顔になって一時的に言うことを聞くが、すぐにそれを忘れてまた三日月瓜争奪戦を始めるのだった。

その様子は毎朝見ていても飽きない。

これを見るために、私は早起きしているのかも……

「……はあ」

文也さんはため息をつきながら、タスキを外す。

「ふふ。お疲れ様です文也さん。これで、朝のお勤めは一段落ですか？」

「ええ。お陰様《かげさま》で」

そして、私の持ってきた冷やし飴《あめ》を、文也さんはゴクゴクと飲み干した。

冷やし飴とは、お湯で溶いた麦芽水飴に生姜《しょうが》の搾り汁を混ぜ、それを冷やして作った関西特有の飲み物で、文也さんは常にこの原液を作り置きしている。これを飲むと夏バテ防止となり、疲労回復にも役立つのだった。

早朝とはいえ、夏の庭仕事はさぞかし大変だろう。学業と並行して、家業のお仕事を毎日やりこなしているのだから、文也さんは本当に凄《すご》い。

文也さんもまた、同じ時間に起きて朝ごはんの準備をしている私を気にかけてくれているようだった。

「六花さん。その、毎朝こんなに早く起きなくてもよいのですよ。もし僕に合わせてくださっているのなら……」

「い、いえ！ もともとこのくらいの時間に起きていましたし、勝手に目が覚めてしまうんです。この辺の朝の空気は新鮮で清々《すがすが》しいですし。月鞠河童たちの朝ご飯にも立ち会いたいですし……っ」

私はあれこれと理由をつけて訴えた。

実際に早起きは苦手ではないし、お父さんと東京で暮らしていた時も、朝早くに起きてお弁当や朝食の準備をしていた。

それは辛《つら》いことではなく、私にとっては当たり前のことだった。

それに早朝でなければ、こんな風に文也さんと二人でゆっくり話をし、穏《おだ》やかな時間を過ごすことはできない。

私にとってこの時間は大切で、毎朝心から楽しみにしているひとときなのだった。

「六花さんは偉いですね」

文也さんが、淡く微笑む。

「早起きが苦手な、葉《よう》や卯美《うみ》にも見習わせたいです。特に卯美に……」

「卯美ちゃん、昨晩も遅くまで蔵の電気が点《つ》いていたみたいですが」

「ああ。あれはゲームをしているんですよ。夏休みだからって……全く」

文也さんはそう言いながら、手ぬぐいで汗を拭《ぬぐ》った。

「あ、すみません。汗臭いですよね。僕、シャワーを浴びてきます」

「いえ、そんなことはありませんけど……っ」

むしろ、毎朝汗を流して働く文也さんの姿は、とても素敵だと私は思う。


文也さんは十八歳。私は十六歳。

お互いに高校生で、現代ではきっととても珍しいであろう許嫁同士だ。

昔はこの歳《とし》での婚姻は珍しくなかったらしいけれど、現代はむしろ晩婚化が進んでいる。

結婚するかしないかを選ぶ時代、とまで言われている中、私たちは世にも奇妙な天女の血を引く人間として、お互いの婚約を受け入れているのだった。

水無月の人間であるならば、天女の血を薄めることなく、繋《つな》いで、残していかなければならないから――

私はもともと、水無月家のことなど一つも知らずに、父子家庭で育ってきた。

しかし父が〝月帰病《げっきびょう》〟という水無月家特有の奇病に冒されて、早くに亡くなってしまった。これは体に青緑色の石が生《は》え、月への郷愁に囚《とら》われてしまい、命を削っていく病《やまい》。

私も同じ病を発症していたが、文也さんが迎えに来てくれて、私に許嫁である事実を伝えてくれて、月帰病を治すための処置を施してくれた。そしてこの特殊な一族の事情を教えてくれたのだった。

私の父・水無月六蔵《りくぞう》は、もともと本家の跡取りだったらしい。

しかし父が一般人である母と恋をして、駆け落ち同然でこの家を飛び出したため、本家は跡取り問題に直面することとなった。結果、分家の人間だった文也さんのお父さんを養子に迎え、今は文也さんが本家当主の座についている。

その〝歪《ゆが》み〟を正すために、本家の正統な血筋である私を、文也さんは許嫁として迎え入れる必要があったのだった。

「………」

文也さんがシャワーを浴びに行ったので、私は一人、台所で貰ったばかりの花を見つめていた。白くて可愛らしい、星の形をした花。

昨日は赤い朝顔みたいな花だった。おとといは、淡い紫色の鈴蘭《すずらん》みたいな花。

今日はどの花瓶《かびん》で飾ろうかな……

私は毎日貰う花を花瓶に挿して、自分の部屋の窓辺や、台所の窓辺に並べている。おかげで私が日々を過ごすスペースは、色とりどりの美しい花で満ちている。

その花々を見ているだけで、私は小さな幸せを感じ、安息を得る。父を失った頃は、こんな日々が私に訪れるとは夢にも思わなかった。

だけど、時々、ちょっとだけ胸が苦しくなる。

文也さんは私にとても優しい。

けれど、それは私に恋をしているからではない。当主の義務として、絶対に私と結婚しなければならないからだ。息苦しい、縛りでしかないと思う。

私は文也さんのことが好きだ。初めて男の子に恋心を抱いた。

焦《こ》がれるようなこの想《おも》いはとても尊いけれど、きっと一方的なもの。

文也さんにこれ以上、重たいものを背負ってほしくないという気持ちもある。

それでも、私たちは将来必ず結婚する。

『あなたを、一生守り続けると誓います。今日この日より、死が二人を分かつまで』

私を迎えに来てくれた、あの日、文也さんはそう誓った。

文也さんはこの先も、私と一緒にいてくれるのだろう。

私はそれだけで、とても恵まれている。


「おはよー。六花さん今日も早いねぇ」

本家の次男である葉君が、大きなあくびをしながら起きてきた。

まだ寝間着のTシャツ姿で、髪もあちこち跳ねている。

私は台所で、朝食の鰆《さわら》の西京漬けを焼いていた。白味噌に漬けたお魚で、京都の伝統的なお料理だ。焼いていると、甘くふんわりとした白味噌の香りが立ち込める。

ちなみにお中元の頂きものである。

「兄貴は？」

「シャワーを浴びています。葉君は今日も部活ですか？」

「うん。帰ってくるのは夕方遅くになると思うよ。六花さん、何か買って帰るものある？」

「あ、じゃあ……ベーコンと、お豆腐と、海苔《のり》と、牛乳と……」

土日も部活で高校に通う葉君。

葉君は美術部に所属していて、美大受験の対策というのを頑張っているようだ。

休みの日はこの暑さで家から出ることもあまりないので、葉君が高校に行く時はお使いを頼むようにしている。学園の最寄駅《もよりえき》に大きなスーパーがあるのだ。

私は冷蔵庫を確かめながら、必要なものや、切らしそうなもののメモを取る。

葉君は私と同じクラスの同級生でもある。愛嬌《あいきょう》があって親しみやすく、とても気さくで話しやすいので、私もついつい、たくさんお使いを頼んでしまうのだった。

まあ葉君は自転車があるし大丈夫かな。

「あ、兄貴。おはよー」

文也さんがシャワーから上がったようだ。

作業用の袴姿ではなく、夏らしい着流し姿になっている。

乾かしたての髪がさらさらとしていらっしゃる……

「葉、やっと起きたか。昨日は夜遅くまで起きていたみたいだが」

「まあ睡眠は三時間ってところかね～」

「そんなことだから寝起きが悪いんだ」

「なに言ってんの兄貴。学生の休日なんて遅寝遅起きが基本でしょ。毎日毎日、朝五時に起き出す兄貴が変態なんだって」

「変態だと？」

「だってそうじゃん？　我々は天女の末裔。月の民の血を引いてんだ。それが夜を愛《め》でずに早起きに徹するなんておかしいだろ」

「…………」

葉君、言葉巧《たく》みに、あの文也さんを黙らせた。

屁理屈《へりくつ》だけど上手《うま》い屁理屈だったな。私も思わず、心の中で拍手。

「なあ兄貴。今日は誰かお客くるの？」

卵焼きの切《き》れ端《はし》をつまみ食いしている葉君が、冷蔵庫から冷たい麦茶を取り出している文也さんにそんな質問をしていた。

「夏は繁忙期だ。今日は愛宕天狗《あたごてんぐ》がやってくる」

文也さんはそう言って、グラスに注いだ麦茶をグッと飲んでいた。

「愛宕天狗か〜。あいつらうちとはズブズブだからなあ」

愛宕天狗……？

葉君と文也さんの会話を聞きながら、私はさっそく戸惑っていた。

「あの、天狗がここにやってくるのですか？」

「はい。あ、でも愛宕天狗は人間に危害を加えませんのでご安心を。あと、本日は陰陽《おんみょう》師《じ》の方と、薬屋の方がいらっしゃいますね」

私には丁寧に教えてくれる文也さん。

本家に人が出入りするので、その確認というのもあるだろう。

「おい」

そんな時だった。

台所の隣の土間にひっそりと立っていたのは、白い浴衣《ゆかた》を着た少女。

本家の長女であり文也さんと葉君の妹君である、卯美ちゃんだ。

目が血走っていて、濃いクマができている。髪が鳥の巣のごとくうねりにうねっている。

「う、卯美ちゃん……？」

「朝ごはんまだ？　食べたらお風呂《ふろ》入って寝る」

「お前！　また徹夜でゲームか。その自堕落な生活をもう少し見直せ。日光を浴びろ。いつか体調を崩すぞ」

「うるさい文兄《ふみにい》。のたれ死ね」

文也さんの忠告をものともしない卯美ちゃんは、夏休みに入ってからというもの引きこもりに拍車がかかり、母屋の隣の蔵でゲームばかりしている。

自他共に認める生活力皆無の卯美ちゃん。

しかしこんなにボロボロな姿であっても、彼女は余りある美少女なのであった。

「そ、それでは皆さん、朝ごはんにしましょう」

私は場の空気を変えるため、水無月家の皆さんに朝ごはんを提案。

「はーい。朝ごはん朝ごはん」

「今日は西京焼きですか？　いい匂《にお》いです……」

「六花ちゃん、あたし、ご飯大盛りで！」

今朝は家族揃《そろ》って、朝ごはんを食べることができそうだ。


お客様その一。陰陽師。

「おやおや、噂《うわさ》の水無月家の若女将《わかおかみ》だ。初々しいねぇ、ホッホッホ」

午前中のうちに、杖《つえ》をついたおじいさんが若い女性に付き添われてやってきた。

私も不慣れながらご挨拶《あいさつ》をして、お茶を運んだりしたけれど、文也さんはご年配のお客様でも堂々と向き合って相手をしていた。

そのお客様は名のある陰陽師らしく、月界植物で作られたお薬をいくつか買って帰った。

文也さん曰く、陰陽師というのは職業柄《がら》、悪霊や妖怪の呪《のろ》いを肉体に受けやすいらしい。

あれほどご年配の陰陽師だと、今まで多くの悪霊や妖怪を相手にしてきたということなので、肉体に蓄積した呪いの数も相当なものだという。月界植物の薬は、呪いの影響を打ち消したり、浄化したり、半減させたり抑え込んだりする効果をもたらすようだった。病院では決して処方されないけれど、水無月家の暖簾《のれん》を潜ればそういう薬が手に入るので、陰陽師のお得意様は多いということだった。

お客様その二。薬屋。

「こんにちは〜。ご当主の文也さんはいらっしゃいますでしょうか。あ、これ浅草《あさくさ》名物の雷おこしです。若女将もどうぞ」

次にやってきたのは三十歳前後に見える、着物の男性。

髪が長く、片眼鏡《かためがね》をつけていて、なかなか見ないような胡散臭《うさんくさ》い風貌《ふうぼう》だった。見た目の胡散臭さの割にニコニコしていて礼儀正しく、愛想《あいそ》のよい人でもあった。

そのお客様に、雷門が描かれた雷おこしのお土産までいただいた。どうやら浅草で薬屋を営んでいるらしく、文也さんと月鞠河童たちが大事に育てている〝宝果《ほうか》〟を買い求めに、東京から京都まで遠路はるばるやってきたという。

宝果。苺《いちご》のような実り方をする、氷砂糖みたいな透き通った果実であり、水無月本家の主力商品だ。一粒がびっくりするほど高価な品物らしく、値段を聞いたお客様の苦しそうな唸《うな》り声《ごえ》が障子《しょうじ》越しに聞こえたりしたけれど、結局は三つ買っていった。

後から文也さんに聞いてわかったのだけれど、あの薬屋さんは人間ではなくあやかしだそうだ。何のあやかしかと聞いたら、水蛇《みずち》のあやかしなんですって。全然わからなかった。

あやかしの中には、あのように上手く人間に化け、人間の営みの中で商売をしている者もいるという。

お客様その三。愛宕天狗。

午後の一番。真っ青な夏の空より、庭先に数人の天狗が舞い降りた。

想像していた山伏姿の天狗と違って、彼らは黒スーツを纏《まと》い、髪を固め、赤ら顔で鼻の高い天狗のお面をつけている。

背中の黒い羽も、地上に降り立つや否や、どこぞへと仕舞ってしまった。

「これはこれは。愛宕山《あたごやま》天狗の皆さま。よくぞおいでくださいました」

文也さんが縁側で正座し、深く頭を下げる。私も少し後ろで同じようにする。

天狗たちはびしっと整列し背中に腕を回し、足を肩幅まで開いて腰を九十度に曲げる。

「ご無沙汰《ぶさた》しております、水無月のご当主様。我らは愛宕山太郎坊《たろうぼう》様の使いでございます」

び、びっくりした。意外と礼儀正しい。

「ご当主、これを」

真ん中にいた天狗が、文也さんに鍵《かぎ》付きの箱のようなものを手渡していた。

文也さんはそれを受け取ると、代わりに用意していた風呂敷《ふろしき》包みを天狗に手渡す。

天狗たちは屋敷に入ることもなく、庭先で文也さんと何かを交換し合った後、すぐ空に飛び立つ。その際、強い風が吹いて、この嵐山の木々の葉が舞い上がる。

天狗たちは遠くの山へと帰っていった。

「私……天狗というのを初めて見ました」

「驚いたでしょう。イメージする天狗と少し違って」

「は、はい」

それはもう、とても。

「修験道に励《はげ》んでいた天狗というのは、もう古い存在です。現代の天狗たちもまた、人の世で何かしらのビジネスをしながら、山々の覇権を争っているのです」

文也さん曰く、京都を囲む山々には天狗が住んでおり、鞍馬山《くらまやま》天狗、愛宕山天狗、比叡《ひえい》山《ざん》天狗などの派閥に分かれているらしい。

水無月家と天狗たちの交流の歴史はとても長く、特に本家は、愛宕山天狗と蜜月《みつげつ》だということだった。葉君の言っていたズブズブってそういうことか……

さて。

陰陽師、人に化けたあやかし、京都の山に住まう天狗。

立て続けに変わったお客がやってきて、文也さんと何かしら交渉をし、月のモノを買っていった。夏にお客様がドッと増えたのは、この時期にしか買えないものが多いからだという。夏休みに入ったら、もっとお客様が増えるとか、何とか。

水無月家が月のモノで商売をしているというのは前々から聞いていたけれど、お客様の顔が見え始めると、なるほどこういうことかと思ったりする。

何より、お客様と対等に商談をする文也さんが、凄い。

高校生だと、一筋縄ではいかない癖《くせ》のあるお客様たちに舐《な》められたり、甘く見られたりしそうなものを、文也さんは下手に出ることも媚《こ》び諂《へつら》うこともなく、淡々と、しかしお客様の事情をしっかりと汲《く》み取《と》って、適切な商売をしているようだった。

月のモノは、その扱いを間違うととんでもない事態を引き起こしたりする。なので、商売相手のこともしっかり見ていると、文也さんは言っていた。

ちなみに水無月家で月のモノを買うには、お得意様の紹介がなければならない。

これが世に聞く「一見さんお断り」というやつだろうか。

人であれ、あやかしであれ、信用のある相手にしか月のモノは売れないということだ。

その日の、昼下がり。

屋敷の石段を箒《ほうき》で掃いていたら、見覚えのある黒い高級車が駐車場に止まり、よく知る二人が石段を登ってやってきた。初老の女性と、若い男性だ。

「あ」

私は箒を持ったままであったが、二人にぺこりと頭を下げた。

「こんにちは。千鳥《ちどり》さん、皐太郎《こうたろう》さん」

女性は水無月千鳥さん。男性は水無月皐太郎さん。

どちらも分家・伏見《ふしみ》の水無月の方々だ。

そして千鳥さんは、文也さんの実のお祖母《ばあ》様でもある。

千鳥さんは今日もおしゃれでモダンな着物を纏っていて、サングラスをかけている。

皐太郎さんは今日も大人なスーツ姿だ。

私を見るやいなや、千鳥さんがサングラスをバッと外した。

「まあまあ、六花様！　このような暑い中、六花様が石段の掃き掃除などなさらなくともよいのですよ！」

「いえ。期末テストも終わって、暇ですから……」

私は苦笑い。千鳥さんは本家筋である私を、今もどこぞのお姫様のように扱うが、私自身はとにかく何かしてないと落ち着かない性分だ。

「六花さんは、今時珍しいくらい働きもんのお嬢さんですからねえ」

「いえ、そんな、普通です」

皐太郎さんはいつも以上にニヤニヤとしていて、何やら大きな荷物を持っている。

実は、二人が現れた時からその荷物が気になっていた。

布を被《かぶ》せた四角い箱……のように見えるのだけど、いったい何だろう。

「あの。それは、何でしょうか」

ガタガタ揺れてる。箱らしき何かが、ガタガタ揺れてる。

「あ、これですか～？　面白いもんが見られる思いますよ。六花さんの反応が気になりますねえ。あと、ボンの反応も！」

皐太郎さんはそれを、私に早く見せたくて堪《たま》らないようだった。

そんな皐太郎さんを尻目《しりめ》に、千鳥さんが私に尋《たず》ねる。

「六花様、ご当主はおられますか？　我々伏見の水無月より、ご当主と六花様に折り入って相談ごとがあるのです」

「文也さんと……私にですか？」

「ええ。そうでございます」

何事だろう。私は慌てて、落ち葉を納屋に運んでいる文也さんを呼びに行き、千鳥さんと皐太郎さんの来訪を知らせたのだった。

「で、お祖母様。アポなしで我が家を訪れるのはいつものことですが、いったい何のご用でしょう」

「千鳥とお呼びください、ご当主。京都の夏は暑すぎて、もはやクドクド言うのもしんどい歳になってしまいましたが……」

「でしたらあまり、ご無理なさらず。お祖母様ももう若くない」

「ですから千鳥とお呼びください！　ご当主！」

文也さんと千鳥さんのお決まりのやりとりが、今日も今日とて響き渡る。屋敷の客間での一幕だ。

毎度、孫と祖母が向かい合い、ハラハラする嫌味の応酬が繰り広げられるのだが、私ももう慣れてきた。最初見た時はびっくりしたっけ……。

「で、いったい何の用だ、千鳥」

文也さんは小さくため息をついた後、当主モードで問いかける。

すでに厄介な匂いを感じ取っているようで、皐太郎さんの脇《わき》でガタガタと揺れている檻を、しきりにチラチラと気にしていた。

「ここ数年、我が伏見一門が総力を挙げて探していたものが見つかったものですから」

「……何？　探していたもの？」

「とくとご覧ください。あ、六花様。こちら少々凶暴ですので、少し下がっておいてくださいまし」

「は、はい」

ドキドキしながらも、目を見張る。

皐太郎さんは檻にかけられていた布をめくり上げ、その蓋《ふた》を開けた。

ビュッと飛び出してきたのは、俊敏な動きをする影だった。

その影は部屋中をものすごい速さで駆け回ったかと思うと、閉め切られた襖《ふすま》にバチンとぶつかって、間抜けな格好で滑《すべ》り落《お》ちる。そのまま部屋の隅《すみ》に逃《に》げ果《おお》せ、体の毛を逆立《さかだ》てて、シャーと鳴く。

「……猫？」

それは、威嚇《いかく》する三毛猫だった。

私から見ると、本当にただの猫なのだが……

「もしかして、霜門《しもん》伯父さんですか⁉」

文也さんは目を大きくさせて、すっかり驚いている。

霜門……伯父さん⁇

第二話

伯父の帰還

「如何《いかが》ですご当主。驚かれたでしょう」

「驚きました。この夏で一番驚きました」

「ほほほ。罠《わな》を仕掛けてとっ捕まえた甲斐《かい》がありました」

淡々と答えながらも、確かに驚愕《きょうがく》している文也《ふみや》さん。

文也さんのその顔を見て、どこか満足げな祖母の千鳥《ちどり》さん。

猫が飛び出してきたのには私も驚いたけれど、文也さんの驚きは私のものとは違うのだと思う。と、その時だ。

「おい千鳥のババア！　俺をこんな目に遭わせやがって、ただじゃすまねえぞ！」

毛を逆立てる三毛猫から、男の人の怒りに満ちた脅し文句が響いた。

一瞬、場がシーンとなる。

「喋《しゃべ》った！」

ワンテンポ遅れて、私が反応。

しかしそこのところは、私以外、誰も驚いている様子ではなかった。

「おいおい、ここ本家じゃねーかよ！　あーやだ、寒《さぶ》イボ。こんな窮屈で時代錯誤な家、何が何でも逃げてやる！」

やはり猫が喚《わめ》いている。人の言葉を喋っている。ついでに逃げようとしているらしいが、慌てているのかその辺でジタバタと転げ回るに留《とど》まる。

千鳥さんが呆《あき》れ顔《がお》でため息をついた。

「逃げてどうするおつもりです、霜門《しもん》。我々が助けていなければ、今頃お前は東京湾に沈められていたでしょうに」

「う……っ、それは」

東京湾に沈められる？　どんな状況⁇

「あ、あの……あの……」

私がオロオロと戸惑っていると、文也さんがそれに気がついて、すぐにこの状況を説明してくれた。

「すみません六花《りっか》さん。実はこの猫、ただの猫ではないのです。我が水無月《みなづき》家の人間で、名を水無月霜門といいます」

「水無月の方なのですか？　人間ということですか？」

どう見ても猫なのに？

「ええ、そうでございますよ六花様。この霜門。あろうことか水無月家を飛び出し、一族の掟《おきて》を破って東京で芸能活動などしていた人間なのです」

千鳥さんはそう語り、涼やかにお茶をすする。

皐太郎《こうたろう》さんも笑いを堪えながら、

「しかもこの人、ヤクザの愛人を寝取って怒らせたらしくって！　逃げ惑ってはったところを我々に見つかり捕獲……いや保護されはって。ブプッ」

「皐太郎、てめぇ何笑ってやがる」

「だっておかしいやないですか霜門さん、あんたみたいなヘマをやらかす人間、水無月にはあんまりいてませんから。いや愉快ですよ。最高ですわ！」

「………」

三毛猫、というか水無月霜門さんは、何も言えずにしょぼんとしていた。

その様子は猫なのでただただ可愛い……

「あとですね～六花さん。霜門さんって、ボンのお母様のお兄様なんですよ～」

「えっ⁉」

皐太郎さんの口から、ポロッと驚愕の事実が飛び出した。

「……その通りです。水無月霜門は僕の伯父に当たる人間なのです」

文也さんも、認めたくないというような渋《しぶ》い顔をしつつ、頷《うなず》いた。

私はますます口をあんぐりとさせて、再び三毛猫を見た。

怒っている。毛が逆立っている。だけど部屋の隅っこにいる。やっぱり可愛い。

これが、この猫ちゃんが、文也さんの実の伯父さんだなんて……

「何だ。誰だ。このお嬢ちゃんは。見たことない顔だな」

三毛猫は私の視線に気がつき、ぶっきらぼうに言い放つ。

「んまあ霜門！　無礼極まりない！」

千鳥さんが声を張り上げた。今まで淡々としていただけに、霜門さんがビクつく。

「こちらにおわすは、本家の長子である水無月六花様です。お前の親友でもあった六蔵《りくぞう》様のご息女ですよ！」

「な、何⁉　六蔵の……」

霜門さんの顔色が少し変わる。

相変わらず猫だけど、その猫らしい目を丸くさせている。

「それってーと、何だ。駆け落ち失踪《しっそう》してでかした六蔵に、娘がいたってことか？　それも驚きだが、もしかして六蔵が戻ってきたのか？」

そして、霜門さんは周囲をキョロキョロと見回す。

「いいえ。六蔵さんは月帰病を患いお亡くなりになっているんです、霜門伯父さん」

文也さんが淡々と、真実を告げる。

霜門さんはしばらく無言になって、固まっていた。

やがて「ハーン」と事情を察したような声を上げ、黄緑色の猫の目を眇《すが》めた。

「読めたぜ。それでてめえらはこのお嬢ちゃん引き取って、文也の嫁にあてがった訳か。相変わらずやること為《な》すことえげつねえ。父親の失態を娘に償わせようってか？　俺は水無月の、そういうところが嫌いなんだよ！」

「…………」

場がしんと静まりかえる。

誰も、霜門さんの言動を否定する気はないようだった。

「あ、あのっ」

そんな空気の中、私は声を上げた。皆の注目が集まって緊張した。

「えっと。その。……何か食べますか？」

「え？」

「ち、ちょうどお茶の時間ですし。霜門さん、お腹《なか》を空《す》かせているのではないかと思って」

チラッと霜門さんを見た後、急に恥ずかしくなって、顔を赤くしてもじもじする私。

「……ふっ」

まず文也さんが、口元に手を持っていき小さく笑った。

次に皐太郎さんが、膝《ひざ》を叩《たた》いて笑っていた。

「あっははは。なるほどなるほど！　六花さんは霜門さんの言わはるような下衆《げす》な事情より、どうやらあんたの痩せ細った体が気になるようですよ！」

「あっ⁉」

当の霜門さんは、心外と言いたげな反応だった。

だってこの三毛猫、見るからに痩《や》せているから……

「んまあ、なんてお優しい！　六花様のお心遣いを無下にする訳にはいきませぬ」

千鳥さんが大げさに私を褒め、後ろにいた皐太郎さんに目配せをした。

「大したものではございませんが、ちょうど買ってきた抹茶のロールケーキがございます。皐太郎、用意なさい」

「はいはい」と皐太郎さんが答える。

「あ、だったら私が……」

「いえいえ。六花さんはそこで霜門さんをよくよく監視しておいてください。これも大切なことですから〜」

皐太郎さんが立ち上がり、ついていこうとする私を制止して、そそくさと部屋を出ていった。

しばらくして、千鳥さんたちが買ってきてくださった抹茶のロールケーキと先ほどのお客様からいただいたお土産を座卓に並べ、皆で一服した。

三毛猫の霜門さんも人間用のお菓子は食べるらしく、浅草の雷おこしを美味しそうにカリカリ食べている。その様子は紛《まが》うことなく猫である。

「ところで、どうして霜門さんは三毛猫の姿なんですか？」

私はずっと気になっていたことを、いよいよ尋ねてみた。

答えてくれたのは文也さんだった。

「霜門伯父さんは〝変化《へんげ》〟の神通力《じんずうりき》を持っているのです。要するに、自由自在に別の生き物に変化することができる、という訳ですね」

「わ、凄いですね！　魔法使いみたいです」

「確かに貴重な神通力でございます。まるで妖怪かあやかしのような。しかしそれを悪戯《いたずら》にばかり使う、名の知れた悪ガキでございました」

千鳥さんの嫌味に、霜門さんは「ふん」とそっぽを向く。

霜門さんが猫の姿になれる事情はわかった。だけど……

「その。人間には戻られないのですか？」

もう一つ疑問が湧《わ》いてくる。霜門さんは一向に人間の姿になろうとしない。

「そこなんですよねぇ〜。我々が見つけた時にはもうガリガリの三毛猫姿で、それからは頑《かたく》なに人間に戻ろうとしはらへんのです。どうしてしもたんです霜門さん〜」

「うるさい皐太郎！　俺に構うんじゃねぇ！」

霜門さんはさっきから怒りっぱなしだ。特に皐太郎さんの煽《あお》りに耐えられない模様。

カリカリしながら、カリカリと雷おこしを貪《むさぼ》っている、という感じだ。

「確か、母が集めていた伯父さんの記事の切り抜きがあったような。人間の姿は、六花さんにも見覚えがあるかもしれません」

「え？」

文也さんは立ち上がり、戸棚をゴソゴソと探る。すると分厚いノートが出てきて、そこには、特定の人物に関する新聞や雑誌の切り抜きが丁寧に貼《は》られていた。

文也さんが、その人物の写真を指差し、私に見せる。

「この人です。芸名は確か、夏樹《なつき》シモン」

「あ！　確かにテレビで見たことがあります」

「少し前まで、それなりに芸能界で活躍していましたからね。ある時からパタッと見なくなりましたが。まあ芸能界を干されたという噂です」

「やめろやめろ！　黒歴史だ！　芸能界はなあ、お前たちが思っているより恐ろしいところなんだぞ！」

今は猫姿でワーワー喚き散らしている霜門さんの、人間の頃の写真の切り抜き。

そこに写るのは、キラキラした芸能人オーラのある、笑顔と白い歯の眩《まぶ》しい、長身の大人の色男だった。

タレント、俳優、歌手、様々な活動をマルチにこなす人気タレントだったが、数年前より芸能界からぱったりと姿を消した。

その背景には、ヤクザとの云々《うんぬん》があり、東京湾に沈められそうになり……猫になり。

「ほら見なさい！　水無月の人間が外に出てもろくなことがない！　霜門、お前ももう四十路《よそじ》なのですから、これからは慎《つつ》ましく水無月の中で生きていくのですよ。ちなみに今後お前が住む場所はここ本家です。わかりましたね？」

「………………」

千鳥さんは凄みのある声で、サラッと爆弾発言を零《こぼ》す。

この場にいた全員が言葉を失った。文也さんもしかり。

「はあああああっ⁉　俺が本家で暮らす⁉　何をさせるつもりだクソババア！」

霜門さんは毛を逆立てて、悲鳴にも似た声で喚く。

しかし千鳥さんは怯《ひる》むことなく、淡々と命じるのだった。

「お前はこれから、本家の方々の護衛をするのです。本家には六花様という尊いお方がいらっしゃるのに、守りが手薄なのが気がかりでした。他《ほか》の分家の者たちが、ご当主はおろか、六花様のお命を狙《ねら》うようなことが万が一にもないとは言い切れませんから。もちろん伏見の警護態勢もバッチリですがね。念のためです念のため」

「あの、お祖母様……」

文也さんがタラタラと冷や汗を垂らしながら口を挟もうとしたが、千鳥さんは構わず話を続ける。

「常時、黒服の警護がいても気詰まりでしょう。その点、猫のお前であれば六花様もあまり気にすることなく文也さんとの新婚生活……ゴホン。本家での生活を送ることができるのではないかと、わたくしは思ったのです。口さえ開かなければ愛らしい猫ですからね。少なくとも癒やしにはなります。ペットと変わりありませぬ」

「千鳥」

「なんですご当主」

「勝手に話を進めないでくれ。霜門伯父さんを、本家で預かれと？」

「仕方がありません、ご当主。本家が手薄なのは事実なのですから。かといって、心から信用できる者は少ない。伏見一門の人間ですら、誰の息がかかっているかわからないのです。ご当主だって、前の使用人があなた様の命を狙った一件で、それを身に染《し》みてわかっているのでは？」

「……それは……」

「水無月一の色男と謳《うた》われた水無月霜門も、もはや落ちぶれた一匹の中年。猫の姿から人間に戻ることもほとんどございませんし、他の分家の息もかかってはおりません。それに護衛としてもまあまあ役に立つのではと思う訳です。要するに、何の心配もございません」

「いや、そんな心配をしている訳じゃない。お騒がせおじさんを押し付けられても困ると言っているんだ」

文也さんはズバッと本音を言い切る。

霜門さんを本家で預かる話に、あまりよい顔をしていなかった。

「黙ってりゃあ人のことをお騒がせおじさんって！　俺はまだ四十二歳だぞ」

「立派なおじさんやないですかー、いややわ〜」

「てめえ、皐太郎！　洟《はな》垂れ小僧だったお前が偉そうな口利きやがって！　ちいっといい男になって、伏見一門の幹部だからって」

「洟垂れ小僧って、何年前の話してるんです？　いややわ〜」

霜門さんと皐太郎さんが、仲がよいのか悪いのかわからないやりとりをしている中、文也さんは顎《あご》に指を添えて目を閉じ、複雑な表情で何かを考えている。

そして、薄らと目を開けると、横目でチラッと私の方を見るのだった。

文也さんが何を気にしているのか、私にはピンときた。

伯父という立場の中年男。もとい、大人の男性が同じ屋根の下で暮らすとなると、私の気が休まらないのではと思ったのだろう。

「あの。私は気にしませんよ。猫ですし」

私にとって霜門さんは、今のところ三毛猫でしかない。特に気にならない。

「すみません、六花さん。本家の守りが手薄なことは確かなのです。卯美《うみ》の結界があるとはいえ、この家に力のある大人はいた方がよいでしょう。その点、霜門伯父さんの変化の神通力は、様々な動物に化けることが可能で、頼もしいといえば頼もしいのです」

「様々な動物……もしかして、虎《とら》や象にもなれるのですか？」

私が興味津々な目をしていたからか、霜門さんが得意げな笑みを浮かべる。

「見てみたいかい、お嬢ちゃん」

「も、もちろん」

霜門さんは前足をペロペロ舐めた後、シュッと庭先に飛び出した。

そして、体からボフンと白煙を放ったかと思うと、巨大な虎の姿に変幻してみせた。

流石《さすが》にダイナミックな出《い》で立《た》ちで、その姿のままガオーと吠《ほ》えたものだから、普通なら恐怖を覚えるのかもしれない。しかし、

「す、凄い！　本物そっくりです！」

私はすっかり興奮してしまい、両手を合わせパチパチと拍手していた。

「そ、そうか？　じゃあ次は可愛いうさぎにでも……」

「わあ、凄いです！　ふわふわ！」

可愛らしい真っ白なうさぎが、ここぞとお座敷《ざしき》に上がってきて、私の目の前にやってきた。私はたまらず抱っこしてしまう。ああ、あったかくてふわふわ。

「……六花さん動物お好きなのですか？」

「はい！　小学生の頃は、いきもの係でした！」

文也さんの質問に、私は目尻を垂らしながら答えた。

鶏《にわとり》やうさぎの世話をしていた、いきもの係。このうさぎを見ていたら、その頃のことが思い出されて、余計に愛着が湧く。中身が人であれ、中年のおじさんであれ。

「はあ～。痛ましいわ。若い女の子に褒められて、触られて、気をようしてはる霜門さんがかなり痛ましい。せやけどひとまず、このお騒がせおじさんは本家が面倒見てくれはるってことで。いやー一件落着。よかったよかった」

皐太郎さんは懐《ふところ》から扇子を取り出し、天晴《あっぱ》れな笑顔でその顔を扇《あお》ぐ。

「体よく、霜門伯父さんの世話を押し付けたな」

文也さんはじとっとした視線を皐太郎さんや千鳥さんの方に向けつつ、もはや諦《あきら》めモードでお茶をすすっていた。

「賑《にぎ》やかなのはよいことではありませんか、ご当主。仮にもあなたの伯父上なのですから。それに一人でも多く、味方となってくれる大人がいるのはよいことです。あなたは敵が多いですからね」

「…………」

「霜門はあれで、外の世界を知っています。六花様の立場にも親身になれるのでは」

「……そう……かもしれないな」

文也さんは千鳥さんの言葉に納得したのか、素直に頷いていた。

私はというと、可愛らしい子うさぎに相変わらず夢中。

膝の上で撫《な》でながら、笑顔で声をかける。

「これから、よろしくお願いしますね、霜門さん」

「……お、おう」

可愛らしい子うさぎからは、やはり渋いおじさんの声がした。

そして私の腕からぴょんと飛び出し、また白煙を纏って三毛猫姿に戻る。

三毛猫は縁側に行くと、そのままちょこんと香箱座りをして落ち着いてしまわれるのだった。ああ、背中のフォルムも可愛らしい。

「は〜。あの頑固な霜門さんも、六花さんに言われると素直になってしまうのですねえ」

と、皐太郎さん。

「私はこうなると思っていましたよ。輝夜姫《かぐやひめ》には逆《さか》らえません」と、千鳥さん。

「六花さん、霜門伯父さんには猫姿を徹底させますので、どうぞよろしくお願いします。妙なことをしでかしたら、すぐに追い出しますので」

文也さんがそう言うと、霜門さんは振り返って言い返した。

「しねーよ！　それに頼まれたって人間には戻らん！」

どうしてそんなに、頑なに人間に戻りたがらないのだろう。謎《なぞ》だ。

「あれっ、しももんじゃん！　どうしてここに⁉　……あ、お祖母様こんにちは」

部活から帰ってきた葉君《ようくん》が、霜門さんを見てぎょっと驚いていた。

後から祖母の千鳥さんが来ていることに気がつき、少々気まずさのある笑顔で、そちらにもぺこりと頭を下げる。

しももんって愛称かな。

霜と門だから、しももん……？

そんな時、ドタドタと豪快な足音が縁側に沿ってやってきた。

「しももん⁉　しももん帰ってきてるの⁉　きゃーっ、おかえりーっ！」

卯美ちゃんだ。騒ぎを聞きつけたのか蔵から出てきて、珍しいくらい嬉しそうな声を上げて、猫姿の伯父に飛びついていた。

どうやら霜門さんは、それなりに本家のご兄弟から懐《なつ》かれているようだった。

文也さんの反応だといまいちわからなかったけれど、ちゃんと、伯父さんなんだなって。

私は葉君や卯美ちゃんの喜ぶ姿と、弄《いじ》られまくっている霜門さんを見て、くすくすと笑っていた。

「すみません六花さん。家族が増えて、騒がしくなるかと思います」

「家族が増えるなんて素敵です。みんな嬉しそうですし。文也さんも嬉しいですか？」

「僕は……そう、ですね。霜門伯父さんには呆れこそあれ、水無月に戻ってきてくれて少しだけ安堵《あんど》したというのはあります。色々と問題はありますが、味方であることは間違いないと思いますので」

「…………」

文也さんがそう言い切る人は、もしかして、この世にとても少ないのではないだろうか。

だからこそ、その言葉を聞いて私もまた霜門さんを信じられる気がした。


その日の夜のこと。

文也さんはお座敷の広い座卓に書類や領収書を積み上げて、何かの作業をしていた。ノートパソコンを前に真剣な顔をしている文也さん。

珍しく眼鏡をかけている。知的で大人っぽくて素敵……

なんて惚《ほう》けている場合ではなく、私は夜もお仕事をしている文也さんにお風呂が空いたことを伝えに来たのだった。我が家のお風呂掃除は葉君のお仕事で、お風呂の順番はその時入れる人から入る。決まった順番などない。

普通、当主の文也さんが一番風呂に入るものだと思うのだけれど、文也さんは色々としていて最後になってしまうことが多い。なので私は、文也さんの前に入ってお湯をため直したり、温め直したりしている。

「あの、えっと。文也さん。お風呂空きました」

寝間着にしている水色の浴衣《ゆかた》姿で、私はお座敷に顔を出し、仕事に耽《ふけ》っている文也さんに控《ひか》えめながら声をかけた。

「ああ、すみません。ありがとうございます。すっかり集中していて……」

文也さんは私が来たことに気がつくと、眼鏡を外して眉間《みけん》を指で押さえたりしていた。

「文也さん……眼鏡をかけるのですね」

「あ、これですか？　実は伊達《だて》眼鏡です」

文也さんは私を手招きする。私はいそいそとお座敷に入り、文也さんの隣に座って、その眼鏡を見せてもらった。

あ、本当だ。レンズを見たらわかる。全く度が入ってない眼鏡だ。

「水無月の人間は電子機器の光に弱いところがあって、パソコンを見ていると目が痛みます。長時間作業をするとなると、月界技術で作られたこの眼鏡をかけるようにしているのです」

「はああ〜。そうだったのですね」

月鞠河童みたいな反応をしてしまった私。

だけど、そういえばお父さんも、テレビゲームをしている時は眼鏡をかけていた。もしかしたらあれは、体質に合わせた水無月から持ってきた特別な眼鏡だったのかも。

「六花さんも今度作りましょう。持っていて損はありませんから」

「あ、ありがとうございます。でも私、眼鏡なんて似合うかな」

「似合いますよ。少しかけてみますか？　男物だと六花さんには大きすぎるかもしれませんが……」

文也さんがそう言って、自分の眼鏡を私の目元に運ぶ。

私は少し身構えたが、眼鏡自体は度が入っていないものなのでとても軽く、私の鼻に引っかかる。

眼鏡をかける時、文也さんの指が私の頬《ほお》に触れ、横髪を耳にかけてくれた。

本当にただ、それだけなのに……

「ああ、やはり少し大きいですね。六花さんお顔が小さいから。卯美の持っているくらいの大きさでいいだろうか。好きなお色とかありますか？」

文也さんはきっと、私に眼鏡を作ってくれようとしていて、そのサイズ感を測るために眼鏡をかけさせてくれたのだろう。

だけど私は、胸がバクバクと高鳴って仕方がなかった。

その指が頬や耳を掠める度、変な吐息が零れてしまいそうになる。

近い場所で、真剣な眼差《まなざ》しで私（眼鏡）を見ている文也さんは、水無月製の眼鏡越しだからかいつも以上に格好よく見えるし。何なんだろう、これ……

一方的な胸のときめきが恥ずかしく、それをごまかすように、私は眼鏡をかけたままオロオロと視線を泳がせていた。

その時、チラッと、文也さんの目の前にあったパソコンの画面が視界に入る。

よくわからないグラフというか表というか、数字の羅列を見た。

何だか凄い桁《けた》が見える気がするが、気のせいだろうか。

「あの。今は何をされているのですか？」

「ああ。夏は商品が多く売れるので、その日のうちに経理的な事務作業をしてしまわないと、どんどんたまっていくのです……」

その時、文也さんがふと思い出したような顔をした。

「あ、そうだ六花さん。夏休みの間は、伏見の皐太郎が時々本家に出入りすると思います。うるさいやつなのでご迷惑かと思いますが、あまりお気になさらず」

「そんな。迷惑だなんて」

私は首をフルフルと振る。眼鏡をかけていたことをすっかり忘れていたので、それが顔から斜めにずり落ちた。文也さんが慌てて私の眼鏡を外してくれた。

「すみません……っ」

「いえ。僕もかけっぱなしにさせてしまい、すみません。六花さんの眼鏡姿が新鮮だったので、つい……」

「あの。皐太郎さんは何の用事で？」

「ああ、あいつはうちの税理士なんです。ついでに本家の顧問弁護士でもあります」

「……ええっ！」

いつもながらワンテンポ遅れて、私は驚いた。

「皐太郎さん、本家の税理士で弁護士なのですか⁉」

「弁護士が本職ですが、税理士の資格も持っているので本家の経理を任せています。ああ見えてかなり優秀なんですよ、皐太郎は」

「………」

捉《とら》えどころのない、少しとぼけたところもある皐太郎さんが、まさかそんなお堅い職業をされていたなんて意外だった。

そもそも文也さんが私を迎えに来た時、皐太郎さんが側《そば》にいたのは大人の付き人というだけではなく、本家の顧問弁護士の立場としてでもあったらしい。

ちなみに、私と双子の六美《むつみ》の間で分配される父の遺産に関しても、皐太郎さんが手続きしてくれているのだとか。

め、めちゃくちゃお世話になっている……

そんな時、縁側の暗い場所からヌルッと霜門さんが現れ、三毛猫姿のままフンと鼻で笑った。

「お嬢ちゃん、随分と驚いてるじゃねーか。ま、皐太郎のチャラついたイメージとは、程遠い職業だろうからな」

私、どれだけポカンとした顔をしていたのだろう。

というか霜門さん、いつからいたのだろう……。

文也さんとのやりとりを見られていたかと思うと、少し恥ずかしくなった。

しばらくして、文也さんがお風呂から上がった。

いつもならこの後、文也さんは自室に戻って休むはずだが、さっきまでいたお座敷の灯《あか》りがついている。文也さんの声も少し聞こえる。

私も自室に戻る途中だったのだが、文也さんに「おやすみなさい」を言おうと思って、そのお座敷の襖の前に向かっていた。

「しかし文也。お前、随分と面構えが変わったな」

「はい？」

「そして意外と、やるもんじゃねーか」

あ、文也さんと霜門さんが話をしているみたいだ。

「色恋なんて興味なさそうなスカした顔して、意外とお前、積極的なんだな。お嬢ちゃんも満更でもなさそうだし、そんなスケコマシだとは思わなかったぜ。流石は俺の甥《おい》っ子《こ》だ」

「……伯父さんが何を言っているのかわかりませんね」

しかも私との関係について話をしている。

恥ずかしかったが、私はその会話の内容が気になって思わず立ち聞きしてしまった。

霜門さんのからかいに対し、文也さんは淡々とあしらっていたけれど、霜門さんは相変わらずノリノリで語るのだった。

「そういやお前の親父《おやじ》、天也《てんや》のやつも、見た目の割にグイグイいくところがあったなあ。妹の照子《てるこ》もそれで落ちた訳だし。最初は水無月の勝手でお嬢ちゃんを本家の嫁に据えたのかと思っていたが、まあ、お嬢ちゃんの境遇を聞けば納得だ。お嬢ちゃんもお前に惚《ほ》れていそうだったし、文也、お前だって……」

「霜門伯父さん。何を言っているんですか？」

霜門さんの言葉を簡単に遮《さえぎ》ってしまうほど、文也さんの声は印象深く、響く。

「まだ、恋じゃない」

良すぎる耳が聞き取ってしまった、文也さんのその一言に、私はしばらく体を強張《こわば》らせていた。

「………」

そして私は、絶対に足音を立てないよう、気をつけてお座敷の前を後にする。

じわじわと胸に込み上げてくる、切なく苦しい、言葉にしがたい感情がある。

だけど、わかっていたはず。

こんなに早く恋に落ちているのは私だけで、文也さんは違う。

本当に恋をしていたら、あんな風に平然と、落ち着き払った様子で私に触れるはずない。

……だけど、これ以上は望んではいけない。

命を救ってくれた。優しく力強い言葉で癒やしてくれた。

これからもずっと、私の側にいてくれる。

心まで欲しいと願っては、色々なものを背負いすぎている文也さんがかわいそうだ。

私はもう十分すぎるほど、恵まれた立場にいるはずだ。

第三話

幼《おさな》馴《な》染《じ》みの襲来

夏休みに入ってすぐのこと。

その日、水無月《みなづき》家のお屋敷の周囲では、セミが忙《せわ》しなく鳴いていた。

私、水無月六花《りっか》はこの日、薄ピンク地に流水と小花が描かれた、薄物と呼ばれる夏の着物を纏っていた。そんな雅《みやび》やかな格好でありながら、縁側に座って銀色のスプーンを握って、必死になって力んでいる。

「ん〜っ」

「そう、その調子です、六花さん。僅《わず》かですがスプーンが曲がっていますよ。多分」

文也《ふみや》さんに励まされながら何をやっているかというと、水無月家の人間の誰しもが使える神通力〝念動《ねんどう》〟の修行だった。念動とは、モノを念じただけで動かせる力だ。超能力的に言うところの、サイコキネシスである。

ご先祖様の天女、いわゆる月界人《げっかいじん》は、思念の力がとても強かったという。

ゆえに、このような力が備わっていた、と。

私はこの力を、以前母がここ本家にやってきた時に覚醒《かくせい》させたはずなのだが、あれからほとんど使えずにいる。なので、初歩的なスプーン曲げから、こうやって訓練しているのだった。

葉《よう》君と文也さんが両隣に座って、アドバイスをしてくれるのだが……

「あはは。六花さん、力むとほっぺたが風船みたいに膨《ふく》れるよね」

「茶化《ちゃか》すな、葉！　可愛らしいじゃないか！」

その瞬間、ポロッとスプーンの先がもげて落ちる。

「あ」「あ」

文也さんも葉君も、目を点にして驚き、そして、

「凄いです六花さん！　今、念動が使えましたね」

「これは成功なのか？　曲げようとしてもげるって？」

「いいんだ葉。念動を発動させることができただけで、十分だ」

「兄貴は六花さんには甘いな〜」

「すみませんすみません。スプーンをまたもいでしまいました」

私は恥ずかしくなって、持ち手だけになったスプーンを持ったまま真っ赤な顔を手で覆う。

私は今、意図して念動を使えた訳ではない。

おそらく文也さんの「可愛らしい」に過剰反応して、なぜだか使えたのだと思う。

これでは、念動をコントロールできたとは言いがたい。また一本、スプーンをダメにしてしまった……

「おいお前ら。何イチャイチャデレデレしてやがる。妹の奮闘はどうでもいいのか？」

「あ、卯美《うみ》ちゃん」

庭先で私たちの様子を見ながら、卯美ちゃんが汗をタラタラ流して渋い顔をしていた。

その手には虫捕り網を持っていて、虫籠《むしかご》を肩から下げている。

一見、夏を盛大に満喫する小学生のような風貌だ。

「ぎゃあ、セミファイナル！」

そんな卯美ちゃんが庭先で飛び上がる。

瀕死《ひんし》のセミを跨《また》ぎ越《こ》した時、そのセミがジジジジと激しく鳴いて、暴れ回ったからだ。

「それ、怖いですよね……」

私にも経験がある。歩道なんかにセミが落っこちていて、もう死んでしまったのかと切なげに見下ろし隣を歩くと、最後の力を振り絞ったセミがいきなり動き回る例のあれ。

「ところで卯美ちゃんは、お庭で何をしているんですか？」

「カブトムシとクワガタ捕ってんだよ。売ってお小遣いを稼ぐ」

普段は蔵から出てこないのに、今日は長い髪をおさげにして、麦わら帽子を被ってアクティブに行動している卯美ちゃん。

なるほど。お小遣いを稼ぎたいのか……

「卯美、何度言ったらわかるんだ。ここにいるカブトムシとクワガタは、月の気配を帯びている可能性がある。そこらのデパートで売るのは危険だ」

「ウッセー文兄《ふみにい》。普通のカブトムシとそうじゃないのくらい、あたしにだってわかる」

文也さんに注意されてもどこ吹く風の卯美ちゃん。

彼女は縁側の隅っこで静かに日向《ひなた》ぼっこをしている三毛猫に声をかけた。

「しももん！　中年ニートのタダ飯食らいなんだから、カブトムシ捕まえてきてよ。せっかく猫なんだから」

「ふざけんじゃねえ。誰がニートだ。俺だって芸能界にいた頃は相当稼いでた」

三毛猫は顔を上げて、面倒臭そうな声で返事をする。顔もブスッとしている。

「そんなこと言ったって今はただの猫だろ。ねえ、カブトムシ捕まえてきてよ～、しももん。可愛い姪《めい》っ子《こ》の頼みだろ、しももん～」

「しももんって呼ぶな。引《ひ》っ掻《か》くぞ！　……ったく」

しももんとは、水無月家の居候となった水無月霜門《しもん》さんの愛称だ。卯美ちゃんと葉君は昔からこう呼んでいるらしい。

霜門さんは変化《へんげ》の力で猫の姿になったまま、この本家で過ごしている。

卯美ちゃんは霜門さんが猫であるのをいいことに、カブトムシ捕りに協力させようとしていたが、やがて夏の暑さに耐えきれなくなり、すぐに縁側から室内に上がり込んだ。

霜門さんはその隙《すき》を見て、どこかへと逃げてしまった。

「ねー、六花ちゃん、お昼ご飯マダー？」

卯美ちゃんが甘えた声で言う。

「あ、もうそろそろご飯が炊《た》けると思います。少し早いですが、お昼にしましょうか」

私はもげたスプーンを持って、台所へと向かう。

すでにおかずは用意してあって、ご飯が炊けるのを待っている間に、念動の修行をしていたのだった。

今日のお昼のメインのおかずは、鶏胸肉の南蛮漬けだ。

鶏胸肉をそぎ切りにして下味を付け、片栗粉《かたくりこ》をつけて揚げ焼きし、薄切りした玉ねぎやニンジン、ピーマン、鷹《たか》の爪《つめ》と一緒に甘酢に漬け込むお料理。

夏の暑い日には打って付けの、ピリ辛でさっぱりしたおかずだ。父と二人暮らしの頃、安い鶏胸肉をいかに美味しく食べようか考え、よく作っていた一品でもある。

副菜は、伏見甘長とうがらしの焼き浸し、かぼちゃと卵とハムのマヨネーズサラダ、お豆腐と九条《くじょう》ネギのお味噌汁だ。あと頂きもののお漬物を数種類。

野菜のほとんどは、文也さんが畑で育てているもので、伏見甘長とうがらし、九条ネギなんかは京野菜としても有名だ。買うとそれなりに高いので、文也さんの畑から収穫し、色々なお料理に使えるのは贅沢《ぜいたく》に思える。

「いただきます」

私たちはよく、居間のお座敷の座卓に料理を並べ食事をする。

皆で手を合わせていただきますをし、箸《はし》を手に取る。

「あ。これ、美味しいですねえ」

文也さんが鶏胸肉の南蛮漬けを一口食べて、少し驚いたような顔をして褒めてくれた。

「さっぱりしていて、甘酸っぱくて。鶏胸肉なのに柔らかくて。ご飯が進みます」

「……ありがとうございます。原価は安いんですけど」

私は照れながら、モジモジとお礼を言う。

文也さんはいつも私の料理を褒めてくれる。

正直、本家の方々に、私が以前から食べていたような節約料理を食べさせてよいものかと考えたりもする。食費だって多すぎるくらい貰っているし。だけどつい癖で、こういう料理を作ってしまうのだった。

「安い食材であっても、それを美味しい料理にしてしまうところが、六花さんの凄いところなのです。食材を絶対に無駄にしないですし」

「そうそう！　やっぱり手作りの味って最強だと思うよ。俺、六花さんの作るこのかぼちゃのサラダが好きなんだよね。お弁当にもよく入ってる」

「これは……ポテトサラダより簡単という理由で、よく作っています」

私はまたまた恥ずかしくなる。

ポテトサラダに使うジャガイモは一つ一つ皮むきをしなければならないが、かぼちゃは皮ごと使える。レンジでチンすれば柔らかくなってくれるし。

なのでかぼちゃサラダは私にとって、ポテトサラダよりずっと手軽に作れる料理なのだった。

「あたし、六花ちゃんのご飯を食べるようになってから、体調がいい気がする」

今の今まで無言でガツガツ食べていた卯美ちゃんが、ふと漏らしたその言葉に、一同の食べる手が止まった。

そして文也さんと葉君が絞り出すような声で言うのだった。

「六花さんはきっと、卯美の命の恩人ですよ……っ」

「卯美、よかったなあ。お前の以前の生活じゃ、どう考えても不健康だったしな！」

そんな、大げさな……

卯美ちゃんももう、お兄様方の話なんて聞いておらず、鶏胸肉の南蛮漬けを気に入ってくれたのか、たくさん食べてくれているし。

こんな風に、いつも賑やかに食事の時間は過ぎていく。

霜門さんは食事の時間になるといつもどこかへ行ってしまうが、冷蔵庫に霜門さんの分を取り置きしていると、これがいつの間にかなくなっているので、とりあえず今はそれでいいのかなと思っている。

「あ、野球」

ちょうど食事を終えた頃。お昼のニュース番組で高校球児の特集が流れていた。

私もちょうど食後のお薬を飲んでいたのだが、そのニュースには興味を惹《ひ》かれる。

夏の甲子園の話題だ。

「もう甲子園の季節なんですね」

「あれ。六花さん、甲子園とか興味あるの？」

私が熱心に特集を見ていたことに、葉君は気が付いた。

「あ。私、中学の時に、野球部のマネージャーをしていたんです」

「……え？」

葉君と卯美ちゃんが口を開けたまま固まる。

縁側で愛用の剪定《せんてい》バサミの手入れをしていた、文也さんの手も止まる。

「ど、どうしたんですか？　皆さん」

「いや、なんか意外っていうか。六花ちゃんぽくないっていうか」と、卯美ちゃん。

「そうですか？」

「六花さん野球好きだったの？」

葉君にそう聞かれ、私は「んー」と少し考える。

私、どうして野球部のマネージャーになったんだっけ。

「確か、近所の子に誘われて野球部のマネージャーになったんです。野球が好きだったという訳じゃないんですけど、頑張る人たちのサポートをするのは好きだったので」

「あー確かに。そう言われると六花さんらしいかも」

もちろん、マネージャーをするうちに野球のルールを学んだし、観戦を楽しむようになった。今もこうやって、夏の甲子園のニュースなんかを見ると、あの頃を思い出したりする。私にも青春らしい青春があったなって。

「お菓子を作って差し入れしたり、フェルトで応援グッズを作ったり。ライバル校の情報も集めて、分析したりしていました。うちの中学、結構強かったんですよ」

「へぇ～」

去年の、ちょうど今くらいの時期に中学の野球部マネージャーを引退した。

そして、その頃から父の容体が悪化したのだった。

「そういえば、皆さんは何かスポーツはされているのですか？」

私はあまり暗いことを考えないようにして、みんなに質問してみた。

本家のご兄弟がスポーツをしているところは見たことがない。

「ないない。あたしは根っからのインドア派だし？　何なら、体育で少し走っただけでバテるけど？」

と、卯美ちゃん。体育の状況は、何となく想像がつく。

「俺も文化系だからなあ〜。割と足が速いから陸上部の顧問にしつこく誘われるけど。そういう時は自慢の逃げ足で逃げる訳です」

と、葉君。スポーツ万能と葉君ファンのクラスメイトが騒いでいたけれど、やっぱり葉君はスポーツより絵を描く方が好きなんだろうな。

「文也さんは？」

「そうですね……。体を動かすのは好きですよ。体育では野球もサッカーもしますし」

文也さんは、こちらに向き直ると、いつもの落ち着いた口調でそう答えてくれた。

文也さんが野球してるところ、ちょっと見たいなあ、なんて。

「兄貴こう見えて典型的な男子っていうか、男の子が好きなこと大抵好きだよね。スポーツもそうだけど、乗り物とか。早々に免許取りに行ったのだって、ただ車に乗りたかっただけだろ？　ところで免許取れたの？」

「次で取れる」

ちょっと得意げに宣言した文也さん。

少し意外だ。文也さん、車とか好きだったんだ。男の子らしい。

「父の影響もあるのかと思います。父は車やバイクが好きな人で、うちの車庫には父の愛車がまだあったりします。僕はそれを使う予定です」

「石段の下の車庫ですか？」

「ええ。僕は幼い頃から、そこで父が車やバイクの手入れをしているのをよく見ていましたから。母が弟や妹の世話に付きっきりだった分、僕は父と一緒にいる時間が長かったのです」

「文也さん、お父さん子だったんですね」

文也さんから、ご両親の話を聞くことはあまりない。

とても貴重で、興味深いお話だ。私もお父さん子だったから、何となく嬉しい。

「うちのお父さん、見た目は儚げな優男《やさおとこ》って感じだったのに、中身はめっちゃ男らしかったからなあ。そういう意味で、文兄はかなりお父さん似だよな」

卯美ちゃんの話を「そうか？」と軽く流している文也さん。

「確かに確かに。着痩せするタイプで、脱ぐと結構凄いとことか」

「え⁈」

葉君がニヤニヤしながら放った爆弾発言に、私の耳が思わず反応してしまう。

文也さんは、なぜか少しムッとしていた。

「日頃から何があってもいいように、それなりに鍛《きた》えて体力をつけているだけだ。だけど、生徒会のみんなには敵《かな》わない」

「いやいやいやいや。生徒会の男子たちは、それが本業みたいなとこありますから。あの人たちは妖怪とバトルしなきゃいけない訳ですから〜」

葉君は苦笑いして、文也さんに突っ込んでいた。

私はちょっとびっくりしていたけれど、文也さんの言い分になるほどと思った。それに文也さんらしいとも思う。

文也さんは毎日庭仕事や畑仕事をしているし、休日は敷地内にある道場で何かしていることもある。

日頃からちゃんと体を鍛えているのだろう。毎日、本家のお仕事をそつなくこなすには、それだけ体力が必要なのだと思う。

そう考えると、文也さんってつくづく隙がない。

ならば私も、食事面でそれを支えなければ……鶏胸肉がいいんだっけ……

いっそ私も、体を鍛えるべきだろうか……

「あ、ピンポン鳴った」

アイスの棒を咥《くわ》えてスマホを弄っていた卯美ちゃんが、ひょこっと起き上がる。

「お客様でしょうか？」

「どうでしょう。今日は皐太郎《こうたろう》が来ませんし、来客の予定もないはずですが」

文也さんが不思議そうにしていた。卯美ちゃんが真っ先に「あたしが行く！」と玄関に向かったので、何かネットショッピングで頼んでいたものが届いたのだろうか。

「はい？　どちら様デスカ??」

卯美ちゃんの、珍しく他人行儀なカタコト声が玄関先から聞こえる。どうやら宅配の人ではなかったらしいが……

「高浜《たかはま》高校！　野球部一年！　佐久間雄大《さくまゆうだい》と申します！　水無月六花さんはご在宅でしょうかっ！」


大きすぎる声が響いて葉君は驚いてお茶を吹き出し、文也さんもむせた。

私は覚えのあるその名前にぎょっとして、跳ぶように立ち上がる。

「まさか……まさか……」

「六花さん？」

私は居間を出て玄関に急ぐ。

そこには、大声にびっくりしてひっくり返っていた卯美ちゃんと、もう一人……

無骨で体格のよい、坊主頭《ぼうずあたま》の日焼けした学ラン男子がのっそりと佇んでいた。

「ゆう君……？」

「りっちゃん！」

彼の名前は佐久間雄大。

私が以前お世話になっていたアパートの大家さんのお孫さんで、私にとっては小学生時代、中学生時代を近い場所で育った〝幼馴染《おさなな じ》み〟である。

「びっくりした。よくここがわかったね。ゆう君、野球は?」

確かゆう君は、野球の推薦で遠くの強豪校に行ったはず。

寮生活だったし、高校生になってからずっと会ってなかった。

まさかいきなり、ゆう君が京都の嵐山に現れるなんて。

「うちの高校は甲子園を逃した」

ゆう君は、悔《くや》しさを少々滲《にじ》ませた野太い声で言った。

「俺も腰を痛めたし、少し休みを貰って夏休みは実家に帰ってる」

「え、そうなの? 腰大丈夫⁉」

「別に、日常生活じゃ問題ない。だけど家に戻ったら、りっちゃんはもういないってばあちゃんが言うし」

それで夏休みを利用して、ゆう君は私に会いに京都嵐山まで来てくれたらしい。

大家さん一家は、父子家庭の我が家に何かとよくしてくれていた。父が亡くなった後も、葬儀やら法要やらで何かと世話をしてくれたのが、大家のおばあさんだった。

同い年のゆう君とも、小学校、中学校とずっと一緒だったし、運動会のようなイベントごとでも家族ぐるみで一緒になることが多かった。

私を野球部のマネージャーに誘ってくれた近所の子というのも、この佐久間雄大君なのだった。

「……聞きましたか卯美さん。りっちゃん、ゆう君、だってよ」

「……聞きましたとも葉兄さん。六花ちゃん敬語じゃないし幼馴染みってつよい」

「……これは強敵というか、何歩も先を行かれてますなあ」

「……文兄とは真逆のジャガイモ系男子が来たな」

襖の向こうの、葉君と卯美ちゃんのヒソヒソ話が聞こえてくる。

どうやら盗み聞きをされているようだ。

「それより、りっちゃん。一体全体どういうことだよ。なんでりっちゃんが転校して京都なんかに住んでるんだ。しかも着物だし」

「それは……ゆう君も聞いてると思うけど、お父さんが亡くなっちゃったの。それで私、今は親戚《しんせき》のお家《うち》でお世話になってるの」

「親戚？」

ゆう君は怪訝《けげん》な顔をして、時々、キョロキョロと部屋を見渡していた。

この立派な和風のお部屋や、美しく整った庭なんかを。

「りっちゃん、親戚なんかいないって言ってたじゃないか。それにばあちゃんから聞いたぞ。りっちゃん、いきなり連れていかれたって。連れていったのは親戚の許嫁だって。

俺、許嫁の意味がわからなかったからググってぶったまげた！」

「……えっと」

「許嫁って将来の結婚相手なんだろ？　今時そんなのおかしくねえ⁉　詐欺《さぎ》だって詐欺！

俺がばあちゃんに言ってやるから戻ってこいよ、りっちゃん！」

一般の、同世代の男の子から見ると、私の置かれている状況というのはこれほど珍妙ということか。

しかし水無月家には、そうせざるをえない理由がある。

「ごほん。失礼します」

と、その時、文也さんがこの客間の襖を開けた。

どうやらお茶とお菓子を持ってきてくれたようだ。

「お茶をお持ちしました」

「あ、すみません文也さん。私、すっかり忘れていて……っ」

本家のご当主に、お茶を運ばせてしまうとは！

しかし文也さんは張り付けたような微笑みで、いえいえと言う。

「六花さんはそのままで。せっかくご友人が遠路はるばる訪ねて来られたのですから」

「ご友人……？」

ゆう君は、文也さんのその一言にピクリと太い眉《まゆ》を動かした。

「そういうお前は何だってんだよ。まさかりっちゃんの許嫁って、お前じゃないだろうな」

いかにも喧嘩腰《けんかごし》で、私は「ちょっ、ゆう君⁉」と慌ててしまう。

「失礼いたしました。僕は水無月家当主、水無月文也と申します」

しかし文也さんは動じることなく、大人びた態度で座礼をする。そして、

「おっしゃる通り、六花さんとは将来を約束した、許嫁の関係です」

包み隠さず、堂々とゆう君に告げた。

顔を上げた文也さんの視線は、まるで宣戦布告のごとく鋭かった。

「んな……っ」

文也さんとゆう君の間で、バチバチと、小さな火花が飛び散って見える。

何だろう、何だろうこの空気。

ちゃっかり私の隣に落ち着く文也さんに向かって、ゆう君は指を突きつけた。

「ああ、怪しすぎるっ！　なんだこの男は！　りっちゃんはこんな堅っ苦しそうな男でいいんか！　つか何で着物なんだよ、何歳だよこいつ！」

「僕は高校三年生です」

「は⁉　高校生⁉」

ゆう君には、きっちり着物を着こなした文也さんが大人に見えたのだろうか。同じ高校生であることにびっくりしていた。

そしてなぜか悔しげに歯をギリギリと噛《か》み締《し》め、妙な汗をかいている。

「そ、そりゃ……っ、あんなボロアパートじゃ、こんなクソでかい屋敷には敵わない。水無月家は名家って聞いたし、大層な金持ちなんだろうけどな！　俺だってゆくゆくは億万長者のプロ野球選手になって、りっちゃんに楽させてやりたいって……ずっと……っ」

「ちょ、ゆう君、どうしたの？　いったい何の話をしてるの⁇」

ゆう君が何を言っているのか、私にはさっぱりわからない。

ゆう君は、これ以上なく顔を真っ赤にさせているし。

「……あー、これは、六花さん罪な女だな」

「……ジャガイモが報《むく》われないね」

「……おい卯美。よそ様にジャガイモとか失礼だろ」

「……どうせ聞こえてないよ。だけど芋系男子は意外とモテるって何かの漫画に書いてあった」

襖の向こうから、葉君と卯美ちゃんのヒソヒソ声が聞こえてくる。

いや、私にはしっかり聞こえていますから。私、地獄耳ですから。

「おいお前。水無月文也とかいったか？　お前、りっちゃんの作ったブラウニーを食べたことがあるのかよ。りっちゃんは料理上手で、いつも野球部員に美味しいお菓子を差し入れしてくれた。ブラウニーが特に美味《うま》かった」

「…………」

「バレンタインだってなあ。りっちゃんは俺に、毎年手作りのトリュフをくれたんだぞ！　俺は他の連中よりトリュフの数が多かった！」

ゆう君、いきなり何を言い出すのかと思ったら。

確かに、バレンタインはいつもゆう君に手作りのチョコレート菓子をあげていた。

だけどそれは他のクラスメイトの女子にもあげていたもので、いつもお世話になっているからという感謝の気持ち……いわゆる義理チョコで、数が多かったのもご家族でどうぞの意味だったのだけれども……

ゆう君は鼻息荒く宣《のたま》って、文也さんに対し勝ち誇ったような顔をしていた。

文也さんはというと、張り付けた笑顔のまま少しばかり黙っていたが、隣にいた私の方をスッと向いて、こんな話をする。

「六花さん。今日の昼食は鶏胸肉の南蛮漬けでしたっけ。あれとても美味しかったです。昨日のオムライスも最高でした。また作ってください」

「え、あ、はい。美味しくできていたなら……よかったです」

「前々日のバターチキンカレーも、先週のブリ大根も、僕の誕生日に作ってくださったエビフライやちらし寿司《ずし》も、どれも真心が籠《こも》っていて、本当に美味しかった。五臓六腑《ごぞうろっぷ》に染《し》み渡《わた》る六花さんの手料理を食べるだけで、僕は日々、心身が癒やされるのを感じます。はい、幸せです」

「…………」

文也さんのダイレクトアタックが、密かに、しかし確実に炸裂《さくれつ》した。

ぼぼぼっと頬が火照《ほて》っていくのを私は自分で感じていたし、ゆう君も、近い年頃の男子が恥ずかしげもなくこんなことを言うので、あんぐりと口を開けて唖然《あぜん》としている。

そんな、幸せだなんて、大げさな。

文也さん、よく毎日のご飯を覚えてくれているな。凄く嬉しいな。

ていうか、文也さん、どうしちゃったんだろう……??

「……やべえよやべえよ。男たちの間で、六花さんの手料理を巡る謎のマウントの取り合いが始まってしまった」

「……文兄のやつ。六花ちゃんの手作りお菓子、食べたことないからって焦りやがったな」

「……どうします卯美さん？　ヒートアップする前に止めに行くか？」

「……面白いからこのままでいいよ」

相変わらず、葉君と卯美ちゃんのヒソヒソ声も聞こえてくる。

もう状況が混沌《こんとん》としすぎていて、私にもどうしていいのか、よくわからない。

「お、お前……お前」

ゆう君が、わなわなと口元を震わせていた。

「お前アウトだ！　どうせりっちゃんに家事を全部押し付けてんだろ！　家事は女の仕事、みたいな時代遅れで亭主関白なこと言って〜〜っ！　こんな家のボンボンならそうに違いない！」

「ちょ、ちょっと待ってゆう君」

「確かに、食事面は六花さんに任せっきりです。それ以外は他の家族でやっているつもりですが、六花さんほど気が利かないところがあるのは事実で。僕ももう少し、六花さんの負担を減らせるよう努めま……」

「いえ！　文也さんはお仕事がお忙しいからいいんですよっ！」

私は思わず、文也さんの言葉を遮る形で口を挟んでしまった。

「……仕事？」

ゆう君は、妙な反応を示した。学生なのにお仕事で忙しいという部分に、疑問を抱いたのだろう。なので私は、必死になってゆう君に訴える。

「文也さんは学生だけど、家業を継いで、寝る間も惜しんで水無月家のお仕事をたくさんしているの。もう立派な社会人でもあるの。だから毎日、とても忙しいのよ」

「……要するに、もう金を稼いでいるってことか？」

「そう。私なんて料理くらいしかできないから、それを担当しているだけなのよ。他の家事もほとんど、家族のみんなで分担してやっているし」

「家族のみんな？」

ああ、私ったら本家の皆さんを家族だなんて、大胆なことを言ってしまった。

ゆう君は何か言おうと口を開けたり、やはりやめて悔しそうに顔を歪ませたり、頭を抱《かか》えて体を捻《ひね》り、悶《もだ》えたりしていた。

そして、目の前の湯呑《ゆの》みをガッと摑んで、お茶を飲み干したかと思ったら、

「……っ、だいたいなあっ！」

それをバン、と茶托《ちゃたく》に置く。

「六蔵《りくぞう》おじさんが死んで、今まで疎遠だった親戚が現れて、いきなり許嫁とかぬかしてりっちゃんを攫《さら》っていくの、どう考えても卑怯《ひきょう》だろ！　じゃあ何で今まで助けてやんなかったんだって話だ。おじさんだって病気で大変だったのに！」

「……それは……」

水無月の事情を知らないゆう君からしたら、そう考えるのも無理はない。

しかし文也さんは私への接触を、私が十六歳になるまで禁じられていた。当のお父さんによって。

「雄大君、でしたね」

私が説明に困っていると、文也さんが口を開いた。

「あなたのおっしゃる通りです。しかし僕と六花さんの結婚を取り決めたのも、また六蔵さんなのです」

「は？」

ゆう君は、意味がわからないと言いたげだった。

しかし文也さんの言葉から何を思ったのか、徐々に怒りを露《あら》わにする。

「だったら、だったらなおさらじゃねーか！　りっちゃんは親が決めた相手と無理やり結婚させられるんだろ。そんなの、俺は嫌だ！」

「ゆう君、ちょっと待って……」

「りっちゃんだって、好きでもねえ男と結婚するのなんて嫌だろ！」

「ゆう君!!」

気がつけば、私は声を張り上げていた。

普段あまり大きな声を出さないからか、ゆう君だけでなく文也さんも、絵に描いたような驚いた顔をしていた。

「り、りっちゃん？」

「六花さん……？」

私はスックと立ち上がり、外を指差す。笑顔で。

「ちょっと外に行きましょう、ゆう君」

「え、あ」

ゆう君には、二人きりでどうしても言っておかなければならないことがある。

「文也さん、ごめんなさい。少しゆう君と二人で話をさせてください。すぐに戻ってきますから」

「……はい」

文也さんも、僅かに戸惑っていた。

私が、ゆう君と二人きりになりたいと言ったこと。

だけど、私がこれからゆう君にする話は、どうしても文也さんには聞かせられないから。


水無月家のお屋敷を出て、桂川《かつらがわ》沿いを歩き、有名な渡月橋《とげつきょう》に近い広場に落ち着く。

夏休みで、観光客も多い嵐山。向かい側に人混《ひとご》みが見える。

だけど私とゆう君は、入道雲の逞《たくま》しい空、悠然とした桂川の流れを拝み、賑やかな観光客に紛《まぎ》れ込《こ》む形で、こんな話をしていたのだった。

「あのね、ゆう君。私、はっきりと言っておかないといけないことがあるの」

「何だよ」

「私、文也さんのことが好きなの」

ゆう君は目を大きく見開いて、しばらく言葉を失っていた。

「……は？」

私はゆう君に向き直り、もう一度、はっきりと告げた。

「私、文也さんが好きなの」

「ちょ、ちょっと待てよ。会ったばかりなんだろ？」

「……そうね。出会って、二ヵ月も経ってないかな」

私と文也さんが出会ったのは、六月六日。

こんなにカラッと晴れた日ではなく、小雨《こさめ》の降る梅雨の時期だった。

曇った空の下でも紫陽花《あじさい》が怖いくらいに綺麗《きれい》で、父と同じ病を発症していたのに死すら怖くないと思えるほどの絶望を感じていた、あの日。

あの人は、父の遺骨を抱える私の目の前に現れた。

「文也さんは、私のことを助けてくれたの。お父さんが死んで、一人でこの先どうしたらいいのかわからない時に、手を差し伸べてくれた」

死ぬくらいなら、うちに来ませんか。

あの日、文也さんが来てくれなければ、私は生きる意味を見出《みいだ》せないまま、月帰病に冒されて死んだだろう。

『やはり、お前は水無月の娘。生まれてくるべきではなかったのだ……っ』

この、父の最期の言葉に深い絶望を感じていた私。

生きる希望を失っていた私。

そんな中、文也さんの誠実な言葉の数々が、私を生に繋ぎ止めたのだ。

命だけでなく、心を救ってくれた。

「文也さんだって、こんな婚約、本当は嫌だと思う。好きでもない女と結婚しなくちゃいけないのは、文也さんの方なの」

そう言いながら、なんだか胸がチクリと痛んだ。

ただ、ゆう君は納得できない様子だった。私の肩を、そのたくましい手でガシッと摑んで訴える。

「ちょっと待てって！　りっちゃんが何を言ってるのか、俺にはわかんねーよ」

「……うん」

そうかもしれない。

詳しい話は、何一つ、ゆう君にはできないから。

命を救われたとか心を救われたなんて言っても、きっと彼には訳がわからないし、本当のところは教えられない。何もかも浅い言葉に聞こえるだろう。

「だけど言っておかなければと思ったの。私、文也さんが好きなの。恋をしているんだと……思うの」

胸に手を当てながら、自分自身の言葉で改めて言う。

こんな風に、他人に自分の恋について話したのは初めてだった。

ゆう君は私の顔を見て何を思ったのか、ボソッと呟《つぶや》く。

「……恋……」

そして、私の肩からゆっくりと手を離し、ぐっと歯を食いしばってやるせない目をしていた。

「なんだよ、それ。りっちゃんってそんな軽い女だったのかよ。綺麗な着物着て、でかい家に住んで、金持ちのボンボンにちやほやされて……それでいい気分になって。会って間もない男のこと、簡単に好きになるような……っ」

「ゆう君」

「俺は違う！　俺は……っ、俺はもうずっと前からりっちゃんのことが好きだった！　ずっとずっと！」

ゆう君は周囲の目も憚《はばか》らず、大きな声で告げた。

私は大きく目を見開く。

「え……？」

そして、オロオロと戸惑う。

「そ、そうだったの？　私、知らなかった……」

ゆう君は私のこの反応に、がっくりと肩を落とす。

あからさまな肩の落としようだった。そして額に手を当てて「あーくそ」と言う。

「何だよこれ。この時点で、脈なしじゃねーか」

「ゆう君」

「ずっとずっと、りっちゃんのこと好きだったのに。小学生の頃から……」

確かにゆう君は、私と父があのアパートに引っ越して来た日から、私の手を引いてあちこち遊びに連れていってくれたり、ちょっかいを出してくる男子から守ってくれたりした。

だけど、

「で、でもゆう君、中学二年生くらいから私に話しかけてくれなくなったじゃない？　一緒に学校にも行ってくれなくなったし、素っ気《そっけ》なくなったし。ほら、中二の時は、バレンタインチョコも突き返されちゃったし。だから私、好かれてるなんて思ってなくて……」

「あれは！　思春期っ！」

ゆう君が大きな声をあげたので、近くを歩いていた観光客がぎょっとしていた。

「中二ってそういう時期だろ！　あんま馴《な》れ馴《な》れしいと、友だちの間でからかわれたりするし！　りっちゃんだって噂になると嫌だろ。あいつら付き合ってる〜とか！」

私は目をパチクリとさせていた。

ゆう君、そんなことを気にしていたのか。確かにあの頃、色恋沙汰や彼氏彼女の噂話は、女友だちの間でも盛《さか》んだった。

「俺は、それでも、りっちゃんのことがずっと好きだった」

ゆう君は、ぐっと拳《こぶし》を握りしめた。

野球でマメだらけの、がっしりした手を。

「いつか野球選手になって、成功して、りっちゃんに告《こく》ろうって思ってたんだよ。りっちゃんずっと苦労してたし楽させてやりたいって。幸せにしたいって。だから野球の強い高校に行って、ずっと、ずっと頑張ってきたのに……っ！」

ゆう君は胸にため込んでいたであろう、その葛藤《かっとう》を、思い切り吐《は》き出《だ》す。

「どうしていきなり現れた、あんな男に連れていかれるんだ！　俺の方がりっちゃんと出会うのは早かった。一緒にいる時間だって長かったのに！」

少し前の私だったら、ゆう君の気持ちをちゃんと理解することはできなかったかもしれない。だけど、今なら少しは、わかるつもりだ。

ああ、そうか。

ゆう君は本当に、私のことを好きでいてくれたんだ。

言葉、声、その目でわかる。恋をしていたってこと。

「ゆう君の気持ちは嬉しいわ。ゆう君のことは、今もずっと大切な幼馴染みだって思ってる。だけど……」

夏の暑い風が、私の首筋を撫でる。

静かに、確かに流れる桂川の水流を見つめながら、私は呟く。

「恋って不思議ね。突然、穴に落ちるみたい」

一緒にいる時間が長ければ長いほど、その相手に恋をする訳ではない。

気がつけば、逆らいようのない感情に、苛《さいな》まれている。

恋と気がつく方が遅い。

胸に咲く、そして胸を裂く切ない感情の方が、何より先にやってくる。

文也さんを見ているだけで、私はいつも胸が苦しい。

覚えのない感情に突き落とされる。それがきっと、恋なのだ。

ゆう君も、これが私の本心なんだとわかってくれただろうか。

私の言葉、声、表情から。

「そりゃ、そりゃあ……っ。りっちゃんが一番苦しい時に、俺は側にいられなかった。何もできなかったし、遠い場所に行ってた。だけど俺だって側にいたら……少しは……」

「………」

「いや、違うか。野球と……同じだ」

ストンと、ゆう君の熱が冷めていくのがわかった。

声のトーンが落ち着いていく。視線も、どこか遠くの青い空を見ている気がした。

ゆう君が野球をしている時にいつも見上げる、夏の、青い空を。

「あの時ああしていれば、違う選択をしていればって思うことはあるけど、でも目の前にあるのは、遠ざかったチャンスと、残酷な現実だけなんだ」

「ゆう君」

「俺はりっちゃんが大変だってわかってたのに、自分の夢のために、遠い高校を選んだんだから。将来のりっちゃんのためとか言いながら、結局は、自分のために」

ゆう君は苦笑した。

一番辛い時に側にいない男なんて、そりゃ好きにならないよな、と。

「腰痛めて、しばらく野球できないからって、未練タラタラでこんなとこまで来て……はあ。自分は遠くに行っときながら、りっちゃんがあのアパートからいなくなるなんて、考えたこともなかったなあ」

また、はああ~と長いため息をつく。

ゆう君は河原の小石を蹴《け》った後、改めて私に聞いた。

「じゃあもう、俺にチャンスはないんだな」

「ごめんね、ゆう君」

「いや、いいんだ。りっちゃんが幸せなら、それで……」

ゆう君、泣きそうになっている。

野球で負けた時、悔し泣きしそうで我慢している、その表情に似ているけれど少し違う。

ズキンと胸が痛んだのは、失恋の痛みというものを、ゆう君の表情から感じ取ったから。

自分の恋と重ね合わせて、いっそう、胸に響いた。

「あの人、文也君？　だっけ？　最初に見た時から、まあ、顔面偏差値高すぎて勝てる気なんてしてなかったけど……」

ゆう君はますます遠い目をしていた。

男の子から見ても、文也さんはそんな風に映るのか。

「あいつ、いいやつ？」

「え？　うん……とても誠実な人。でも、実は結構、面白くて熱い人なの」

「そうなん？　見えねー」

「ふふっ。それとね、とっても早起き。早く起きて庭の畑の手入れをしているの」

「……なんか、ジジくさいな」

「大人っぽいって言って」

しかし確かに、同年代の男子から見たら、文也さんはぐっと大人っぽく見えるのだろうな。抱えているものが普通の学生とは段違いだから。

「文也さんは、まだ高校生なのに本家のご当主なの。背負っているものがとてもたくさんあるのに、私のことまで背負い込んで……」

私は腕を、もう片方の腕で抱える。そして視線を斜め下に逸《そ》らす。

「私は恵まれている。好きな人と、絶対に結婚できるもの。だから、少しでも文也さんの力になりたい」

恋をする。そして好きになった人と結ばれる。

こんなのは奇跡の連続のはず。

だけど、好きになった人が自分を好きになってくれるという最も難しい過程をすっ飛ばして、私は文也さんと結婚する。

ゆう君のように長年想い続けても、その想いに気づいてもらえない、届かないことだってあるのに……


「ゆう君も野球、頑張ってね。怪我《けが》をしっかり治して。来年は甲子園、行くんでしょ？」

「そりゃもちろん。俺だってレギュラーになるつもりだし」

「……あれ、ゆう君、まだレギュラーじゃないの？」

「当たり前だろ！　俺まだ一年だぜ！」

「腰を痛めたってのは？」

「球拾いしていた時に、ちょっとグキッて……」

「………………」

いや、それはそれで大変だ。

もともと痛めやすかったし、しっかり腰を治して、夢に向かって頑張ってほしい。

ゆう君は、やっぱり野球をしている時が一番輝いているから。

「今年の秋、修学旅行でまた京都に来るんだ。その時、顔見に来るよ」

「うん。佐久間のおばあさんにお礼を言っておいて。たくさんお世話になったのに、何も伝えられないまま、私ここに来たから。落ち着いたらご挨拶に行くわ」

「うん。きっとばあちゃん、喜ぶよ」

そしてゆう君は、そのまま駅に向かっていき、嵐山を去った。

私は駅でゆう君を見送った後、すぐに水無月のお屋敷に戻る。

水無月家に戻ると、ちょうど石段の下で、腕を組んでウロウロしている文也さんがいた。

私のことを、待っていてくれたのだろうか……

「文也さん、すみませんお待たせしました」

私の声が聞こえたからか、文也さんは顔を上げた。

その表情はいつもと変わらない文也さんの、涼しげなもの。

「……雄大君は？」

「帰りました。東京に」

文也さんは、素っ気なく「そうですか」と答える。

そして、視線を横に流しながら、

「あの人と、一緒に行ってしまうかと思いました」

文也さんらしくない、ちょっとだけ拗《す》ねたような口調だった。

さわさわと、夏の風が緑の木々を揺らす。

もしかして、私のことで、不安に思ってくれたのだろうか。

私がいなくなるかもしれないって……

「私は……ここにいたいです」

ポツリと、文也さんに聞こえるか聞こえないか程度の小声で、私は呟く。

あなたのことが好きですと、言おうと思って、やめた。

ゆう君にも言われたけれど、出会って間もないのに、もう恋をしているなんておかしいのかもしれない。嘘《うそ》っぽく聞こえるかもしれない。

私の恋が早すぎるのだ。

文也さんはまだ、私に恋をしている訳じゃない。

普通はそんなに簡単に、人を好きにはならない。

「暑いでしょう。家に、帰りましょう」

「……はい」

文也さんが差し伸べた手を、私は取る。

手を引かれながら石段を登っていると、何だか胸が切なくなって泣きそうになる。

こんな風に迎えに来てくれたり、手を引いて優しくしてくれたりするのは、私が本家筋の娘で、私と結婚することが水無月家にとって重要で、義務だから……？

文也さんに、自分のことを好きになってもらいたい。

この感情は、他に覚えがないほど欲深い。

それに自分でも気がついているのが、少し怖い。

「あ、六花ちゃん戻ってきた！」

「おー、よかったよかった」

卯美ちゃんと葉君も、戻ってきた私を笑顔で出迎えてくれた。

「少しヒヤヒヤしたよね。あの幼馴染み君と、もしかしたら東京戻っちゃうんじゃないかって思ったからね。兄貴なんて、明らかに落ち着きなかったし」

「え？」

「葉、お前……」

「いやだから、六花さん戻ってきてくれてよかったねって話してんじゃん。俺は」

睨《にら》んで圧力をかけてくる文也さんに対し、少したじたじな葉君。

「でもさー、こっちに戻ってよかったの？　あの幼馴染み君、六花ちゃんのこと迎えに来たんでしょ？　めちゃくちゃ愛されてるじゃん」

卯美ちゃんは私を見上げてニヤニヤする。いつの間にか縁側で寝ていた霜門さんも、耳をピンと立てて、話だけはしっかり聞いている。

葉君も「だよなあ」と、意地悪そうな顔をして文也さんを横目で見ていた。

「雄大君、高校球児でしょ？　強豪校なんでしょ？　将来プロ野球選手とかになったら国民的ヒーローだもんなあ。いくら水無月家の当主でも、億万長者の国民的ヒーロー相手だと色々な意味で敵わんからなあ。な、兄貴」

ポン、と兄の肩に手を置く笑顔の葉君。

文也さん、またもや何とも言えない顔をしていた。

だけど別に、私は国民的ヒーローを求めている訳じゃない。

「いえ。私は、ここでの生活が幸せで、とても楽しいですから」

「六花さん……？」

「私は、文也さんの許嫁ですから」

これが私の、今できる精一杯のアピールだった。

私が欲しかったものは、全部ここにある。

だから、これ以上を求めてはいけない。

気持ちを押し付けてもいけない。

ずっと私を好きでいてくれたゆう君を振っておきながら、好きな人と絶対に結婚できる私が、もっともっとと願ってはいけない。


安心できるお家がある。

私のことを大切にしてくれる人たちがいる。

この〝家族〟の輪に入っていられるだけで、私は十分、幸せなのだから。

第四話

台風の日

どうやら今夜、大型の台風が来るらしい。

本家では、昼間のうちから台風対策に追われていた。

貴重な月のモノが飛ばされてしまわないよう、シートを張ったり、室内に避難させたりしている。私も一緒に作業をしている。

そして、この時しか見られない珍妙な光景に、私は目を丸くしたのだった。

「月鞠河童《つきまりかっぱ》たちが続々とやってきていますね、文也《ふみや》さん」

「ええ。台風の時は、うちのお座敷を月鞠河童たちの避難所として開放しているのです」

文也さんはそう言って、縁側と庭の間にスロープをかけていた。

すると月鞠河童たちがスロープを登って、ドッとお座敷に転がり込む。

まるで緑色のスーパーボールがたくさん跳ねているかのようだ。

「おいおい。俺の居場所がなくなっちまうじゃねーか。河童ごときのために……」

この様子を見て、いつも縁側で寝ている三毛猫の霜門《しもん》さんが引いていた。

「伯父さんは月鞠河童に揉《も》まれて寝てください」

文也さんは実の伯父に冷ややかな視線を送っていた。

「嵐山の月鞠河童たちは普段、竹林の竹の幹の中にマンションを形成して暮らしていますが、流石《さすが》に台風となると危機感を覚えるようです。風呂敷にちょっぴりの荷物を詰め込んで、こうやって事前に逃げてくるのです」

「確かにみんな、風呂敷を背負っていますね」

嵐山に住まう、小さな月鞠河童たち。

庭の奥から、まだまだ列を成して屋敷にやってくる。風呂敷に包んで持ってくるものは、月鞠河童の大事な家財道具だろうか。

いつも見ているサイズの月鞠河童だけでなく、ひときわ小さな赤ちゃん河童や、子どもの河童もいる。手を引いて連れてきている河童がお父さんかお母さんか、よくわからないけど。

「ざわざわ……でし……」

「嵐《あらし》が来るでし……」

「ミーたち簡単に吹き飛んでしまうでし……」

「前の台風では琵琶湖《びわこ》まで飛ばされたやつがいたとか何とか……」

ヒソヒソ、ザワザワと囁《ささや》きながら、月鞠河童たちは落ち着きがない。

広く開放していたお座敷は緑の丸い物体でみっちり詰まっていて、嵐山には、こんなに月鞠河童が住んでいたのかと驚いた。

お座敷には卯美《うみ》ちゃんが蔵で飼っているハムスター「ジャム太郎《たろう》」も避難してきているのだけれど、そのケージを囲み、じーっと観察している月鞠河童もいる。

河童でもハムスターを愛でたりするんだ。それか知らない生命体を前にびっくりしているんだろうか。私から見たらどっちも同じサイズ感の可愛らしい生命体だ……

「他の動物やあやかしたちは大丈夫でしょうか」

私は少し心配になってきた。

この嵐山には、密かに多くの月の生物が根付いているからだ。

以前、私はこの山で、立派な月の牡鹿《おじか》を見たことがある。それをふと思い出した。

すると文也さんが「ご心配には及びません」と言う。

「月鞠河童と違って、純粋な月の生物たちは不思議と台風でいなくなることはないのです。身を守る術《すべ》を持っているのでしょう。移動できない植物だけは、できる限り守ってあげなければなりませんが」

そういうものなのか。

月の生物たちはどのようにして、自分の身を守っているのだろう。

「おーい、兄貴ー。これどこに運べばいい?」

「それは道場の方に頼む」

葉《よう》君も、この日ばかりは部活もないようで、本家の人間として台風対策に勤《いそ》しんでいた。

天女の神通力〝念動〟を駆使し、植木鉢なんかを浮遊させ室内に運びまくっている。

私も早く念動をマスターして、こういう時にも役立てるようになりたいな。

「文兄《ふみにい》〜。結界を強化するの、どことどこ?」

卯美ちゃんもまた、結界に使用する〝月の羅漢像《らかんぞう》〟を抱えて蔵から出てきた。月の羅漢像とは、小さな石のダルマのようなもの。よく見ると本家の庭のあちこちにある。

どうやら屋敷などの建物の周りは、卯美ちゃんの結界で念入りに囲んで守るらしい。

「屋敷の周囲と、お堂の周りを重点的に頼む。こればかりはお前の力頼りだ、卯美」

「ふふん。文兄があたしを頼るのは気分がいい」

「お前の結界は、水無月《みなづき》の中でもトップクラスの正確性と強度を誇るからな」

「そうなんですか⁉ 凄いですねえ、卯美ちゃん」

「ふふふふん」

この時ばかりは、卯美ちゃんは鼻高々と得意げだった。

文也さんも卯美ちゃんを褒めることで、しっかりちゃっかり、その能力を活用しているご様子だ。私も便乗して卯美ちゃんを褒めまくる。

「しっかし台風って本当に来るのかな。全然晴れてるよな〜」

「嵐の前の静けさというやつだ。気を抜くな、葉」

「へいへい〜」

葉君と文也さんの会話を聞いて、私は空を見上げる。

台風が来るまでまだ時間があり、よく晴れた青空が広がっているというのに。

「嵐、か……」

なぜか妙な胸騒ぎがする。

青空と、この静けさが怖いくらいだ。


「皆さん、お昼ご飯ですよ」

私は台風前の準備で忙しい皆のために、お昼ご飯を用意した。

といっても、手で摑んでパッと食べられるおにぎりだ。

集まっている月鞠河童たちのためにもたくさん作ったので、大きなザルに積み上げられるよう俵形《たわらがた》のおにぎり。

縁側に、具ごとに分けて並べると、早々に河童たちが群がっておにぎりを持っていく。

「ヤバイヤバイ、河童どもに食い尽くされる。おにぎり美味《うま》そう～」

葉君もフラフラしながらやってきた。

どうやら念動を使いすぎて、エネルギー切れみたい。

「どれがどの味？」

「あ。これとこれが、鮭《さけ》と明太子《めんたいこ》のおにぎりです。そしてこっちがツナと塩昆布の炊き込みご飯を握ったおにぎり。柴漬《しばづ》けのおにぎりと、すぐきのおにぎりもあります。箸休めに、千枚漬けもどうぞ」

しかし、確かに見ただけではおにぎりの具が何なのかわからないと思い、私は手書きのお品書きを作って立てかけた。鮭、明太子、ツナ塩昆布、柴漬け、すぐき、と。

炊飯器を二つと、土鍋《どなべ》を駆使して米を炊き、たくさんたくさん握ったなあ。

お米は、亀岡《かめおか》産キヌヒカリである。

「……六花《りっか》さん。もしかして、しれっと貰《もら》い物《もの》のお漬物、消費してる？」

「よくわかりましたね。そういうことです」

葉君に突っ込まれたが、私は堂々と頷いた。

おにぎりを作ったのは、まさにお漬物の消費のためだった。明太子もお中元でいただいたものだけど、何より漬物の量が半端《はんぱ》ではなかった。

京都といえばお漬物。

京都三大漬物といえば、柴漬け、すぐき漬け、千枚漬け。

柴漬けというと、全国的にも馴染みのあるお漬物だ。茄子《なす》ときゅうりを赤紫蘇《あかじそ》で漬けて作られているからか、これを大きめに刻んで、大葉と一緒に混ぜ込んだおにぎりが月鞠河童たちには大人気。よかった、定番の鮭や明太子に比べたら人気がないかもと思っていたけれど、月鞠河童たちがたくさん食べてくれそうだ。

すぐき漬けは、あまり馴染みがないかもしれない。少なくとも私は、京都へ来て初めて食べた。すぐき菜はカブの一種で、伝統的な京野菜。すぐき漬けとは、これを塩漬けし乳酸発酵させたお漬物だ。主に、細かく刻んで食べる。今回はご飯に混ぜ込んで握り、海苔で巻いた。私は結構、この素朴な味が好きだったりする。

箸休めに用意した千枚漬けも、京都の伝統的なお野菜〝聖護院《しょうごいん》かぶ〟を甘酢で漬けた、少しとろみのある美味しいお漬物だ。丸く平たくスライスされたお漬物を、修学旅行なんかで見たことがあるかもしれない。おにぎりに不向きだったので、切って大皿に盛り付けて置いておく。京都の千枚漬けは味が程よく上品なので、おかずの一品になるし、箸休めにはうってつけなのだった。

普段からお漬物を色々な料理で使っているので、勘のいい葉君には、どうやってお漬物を消費しようかと私が企《たくら》んでいるのがバレバレだったみたいだ。

別に私も、隠してはいない。

「あと、豚汁も作ったので、こちらもよかったら食べてくださいね」

「わーい、炊き出しの定番！」

大きな鍋に作った豚汁。豚肉はもちろん、文也さんが畑で育てた根菜や、京野菜の九条ネギがたっぷり入っている。お豆腐、こんにゃく、丹波しめじも。

こっちは主に人間用に作ったんだけど、月鞠河童たちが物欲しげに鍋を見つめている。

た、足りるかな……

「ありがとうございます六花さん。こんなにたくさん。月鞠河童たちの分まで」

文也さんが庭の奥から戻ってきた。

縁側に並んだ数々のおにぎりと、それに群がる河童たちや葉君を見て、私にお礼を言ってくれた。

「いえ！　たくさんお漬物を消費できたので、私は満足です」

「六花さんのおかげで、うちで無駄になりそうだった食品たちが、しっかり消費されています。凄いことですよ……本当に」

そして文也さんも、いそいそとおにぎりコーナーに向かい、ツナ塩昆布の炊き込みおにぎりを手にとった。この広大な水無月の敷地であちこち動き回り、念動を駆使して働いたのだから、お腹が空いて当たり前だ。

水無月の人間は一般人より、三割増しでよく食べるという。

一般の人間が持たない、天女の神通力を維持するためといわれている。

「言っとくけど、あたしも六花ちゃんを手伝ったかんな」

「あ、卯美」

卯美ちゃんが台所から、麦茶とガラスのコップを持ってやってきた。

ヤカンで濃く煮出して、ありったけの氷を入れて、速攻で作った麦茶。

だってすぐになくなるから……

「そうなんです。卯美ちゃんもおにぎりを作るのを手伝ってくれたんですよ」

「そうだそうだ。ありがたく食え、兄貴ども」

得意げな卯美ちゃんに対し、葉君がザルに積み上がったおにぎりを見つめながら、

「あ、うん。六花さんが握ったのと、卯美が握ったの、結構わかりやすいよ。きちんとした形のおにぎりの中に、時々いびつな形の手榴弾《しゅりゅうだん》があるなあって思ってたんだ。海苔が全方位に巻かれてるコレとか……」

「おい、手榴弾って何だ」

葉君がからかい、卯美ちゃんがいつものごとくムキーと怒っている。

そんな二人を気にすることなく、文也さんはおにぎり片手に、真面目な顔をして空を見上げていた。

私も文也さんの視線を追う。

空はまだ青いけれど、嵐の気配というものが、少しずつ感じられる。

ざわざわと、山の木々も落ち着きがない。

月のモノたちの戸惑いの囁き声が、時に聞こえてくるもの……


お助け〜、お助けくだし〜。

「……ん？」

耳を澄ましていたせいか、風の向こうから聞き覚えのある声が聞こえた気がする。

お助け～、お助けくだし～、ボス～。お内儀～。ぎゃーん。

甲高《かんだか》く間抜けな声だ。この声の主はすぐにわかった。

「6号？」

「どうかしましたか、六花さん」

私が耳元に手を当ててじっとしていたからか、文也さんが私の様子に気がついた。

「文也さん、6号の声がするんです」

「あの6号ですか？　月鞠河童の、間抜けでお調子者の」

「ええ。あの可愛い6号です。どうやら助けを呼んでいます。もしかして、また蜘蛛《くも》の巣にでも引っかかっているのでしょうか」

「うーん、6号ならありえますね」

文也さんは顎に手を添えて、困った顔をしていた。

そして、お座敷に集まっている月鞠河童たちの点呼を取りに行く。

文也さんは、月鞠河童の一匹一匹の顔と名前をよく覚えているのだった。

「やはり、6号がいません。僕が捜しに行ってきます」

「あ、でしたら私も」

台風が迫っている中、6号を捜しに行こうとする文也さんに、私もついていこうとする。

しかし文也さんは振り返り、首を振った。

「そろそろ風も強くなってきますし、何があるかわかりませんから、六花さんは屋敷の中にいてください」

「ですが、私が6号の声を辿《たど》れば、すぐに見つけられるかもしれません」

「……それは、確かにそうなのですが」

文也さんは心配してくれたけど、こういう状況なので、早めに6号を見つけた方がいいのではないか、と思った。私の耳は、すでに6号の声を拾っているから。

「おいおい。大丈夫かいお嬢ちゃん。そんな細っこい体じゃ、風にあおられて吹き飛ばされちまうぜ」

霜門さんが縁側で、焼鮭のおにぎりを齧《かじ》っていた。

愛らしい三毛猫の姿だけど、渋い声で私に忠告する。

「大丈夫です。台風は夜ですし」

私はおにぎりを一つラップに包んで懐に仕舞う。

6号がお腹を空かせているかもと思って。

「葉、後のことは任せたぞ。何かあったら伏見に連絡しろ。卯美、風が強くなったらお前の結界で、屋敷と月鞠たちを守るんだ。いいな」

「はーい」

「あ。おにぎりと豚汁、残ったら冷蔵庫に仕舞ってくださいね。この時期は傷みやすいので」

「はーい。気ーつけてな〜」

文也さんと私が言うことに対し、おにぎりを頬張《ほおば》りながら緩《ゆる》い返事をする葉君と卯美ちゃん。だ、大丈夫かな。

心配しつつも、庭の奥の方へと向かう。

この時、私たちはまだ気楽に考えていた。

どうせ6号は蜘蛛の巣か何かに引っかかっているのだろう。きっとすぐに見つかる。

台風が来るのは夜だから何も問題ない、と……

「見つかりませんね……」

「声は聞こえているのに……」

声のする方へと歩いていっても、６号は一向に見つからない。

水無月の敷地は広大で、もう結構奥の方へとやってきたのに。

「すみません、私、お役に立てると思ってついてきたのに……っ」

私がズーンと落ち込んでいると、文也さんが慌ててフォローしてくれる。

「いえ！　とんでもないことです。六花さんが一緒に捜してくれて、助かっています」

「声には近づいているんです。ずっと聞こえているんです。この辺だと思うんですけど」

私は耳に手を当てて、６号の声を再び探る。

相変わらず間抜けで情けない声が聞こえてくるのだけれど、確かな場所がどうしても掴めない。まるで、すぐ隣にいるはずなのに、姿が見えていないかのような。

「声が聞こえているのに、姿が見えないとなると、もしかしたら……」

文也さんには、その状況に何かピンと来るものがあるようだった。

そして周囲を見渡し、目を凝《こ》らしている。どうしたのだろう。

「きゃあっ」

強い風が木々の間を抜けて、私はそれに煽られて、少しよろける。

文也さんは、そんな私の腕を取り体を引き寄せた。

「大丈夫ですか、六花さん！」

「は、はい。びっくりしました」

「僕の腕に摑まっていてください。身を寄せて、固まって動いた方が安全です」

「はい」

私は素直に、文也さんの腕に摑まる。

その腕は、思いのほか男の子らしく逞しかった。

「随分と風が強くなってきました。雲行きも怪しいです。もう戻りましょう」

「でも、6号は」

「6号は間抜けではありますが、タフなやつですから。万が一飛ばされても琵琶湖辺りで見つかるでしょう。去年もそうでしたから」

「…………」

確か他の月鞠河童たちもぼやいていた。

去年は、琵琶湖辺りまで飛ばされたやつがいた、と。

それって6号のことだったのか……

屋敷に戻ろうとした矢先に、雨が降り始めた。

「台風は夜じゃなかったのか？」

「もしかして、もう暴風域に入ったのでしょうか」

「……いや、やはりこれは……」

文也さんは周囲を注意深く確認していた。

「どうやら完全に〝迷い路〟に入ってしまったようです。時間も、思っているよりずっと進んでいるのかも」

「迷い路？　それは、どういうことですか？」

私の質問は、強い風の音でかき消される。吹き付ける暴雨のせいで、全身はあっという間にびしょ濡《ぬ》れになってしまった。

文也さんは私の肩を自分の方へと引き寄せ、支えるようにして前へと進んだ。

「……やっぱり。道が変わってる」

文也さんは焦った表情だった。

というのも、この辺はいつも立ち入る場所であるはずなのに、何かが少しずつ違うというのだ。それはいったい、どういうことだろう……。

暴風の音ばかりの中、ふと、一瞬の静寂があった。

そして、耳の奥で囁かれるような不思議な声を、私は聞く。

「文也さん、声が聞こえます」

「え？」

「こっちにおいで、って……」

私は声のする方角を指差した。

その囁き声はとてもとても小さいのだけれど、それでも確かに、耳の奥で聞こえてくる。

こっちにおいで。安全だからおいで、と。

私たちを呼ぶ声――

金環蝶《きんかんちょう》が一匹、風の強い中をヒラヒラと舞って、私たちの前を横切った。

この風を物ともせず、悠々と飛んでいる。

それを目で追いかけると、揺れる木々の向こうで、煌々《こうこう》と光る枝分かれした立派な角を持つ、牡鹿のシルエットを見た。

「あれは……オオツノ様」

文也さんが、瞬きすら忘れてその存在を見つめていた。

オオツノ様と思われるそれは、私たちに背を向けて、ゆっくりと遠ざかっていく。

そして何度か振り返る。まるで、ついてこいとでもいうように。

私と文也さんはお互いに顔を見合わせ、頷き合う。

そしてオオツノ様の後を追った。

「……洞穴《ほらあな》？」

断崖《だんがい》になった場所に、黒くぽっかりと空いた丸い穴があった。

オオツノ様はその中へと入っていく。

「そんな。この付近に洞窟《どうくつ》なんて、あるはずないのに」

そう言いながら、文也さんは首を振る。

「いや、これはきっと、オオツノ様が作り出したものだ……」

「オオツノ様が作り出したもの？」

「ええ。本家の文献で読んだことがあるのです。オオツノ様が、有事の際に作る洞窟がある、と。〝月の洞《ほら》〟とも呼ばれています」

オオツノ様は偉大な月界精霊《げっかいせいれい》の一体であり、本家嵐山の守り神のような存在だ。

「この嵐山一帯は、オオツノ様の月の気配が支配する土地です。天候や気候などの条件によって、オオツノ様が起こす異常現象があったりするのです。山の道が変わり、僕たちが家に戻れずにいたのも、そのせいでしょう」

「……………」

私は改めて、月の洞を見た。

ぱっくりと口を開けて私たちを待ち構える黒い穴。その奥から、中性的な囁き声がする。

オオツノ様の声――

「文也さん。あの洞穴に入ってみませんか？　ここは安全だと、オオツノ様が言っているように聞こえます」

私は月の洞を指差した。文也さんはそんな私を見て、小さく頷いた。

「……そうですね。行ってみましょう。少なくともオオツノ様が、輝夜姫《かぐやひめ》であるあなたを危険に晒《さら》すとは思えませんから」

私と文也さんは、強まる風に煽られながら、何とか月の洞の入り口にたどり着き、その奥へと入っていく。

岩壁を横にくり抜いたような洞窟は、思いのほか安定した足場になっていて、不思議と暖かい。そして、外界と一切が遮断されたのがわかるほど、雨や風の音が、全く聞こえなくなる瞬間があったのだった。


洞窟の奥の方には広い空間があり、なぜか、ほんのりと明るい。

地面は芽吹いたばかりの草や苔《こけ》に覆われていて、踏む度に柔らかさにびっくりする。

何より驚いたのは、この洞窟の中に、見たことのない不思議な生き物がひしめいていたことだった。

宙を金環蝶が飛《と》び交《か》い、地面では不思議な造形の月のモノたちが休憩していて、地面の間を流れる小川には、虹色《にじいろ》の光を帯びた月の魚が、静かに泳いでいた。

「わあ……」

私は思わず声を上げてしまった。文也さんも隣で、目を大きく見開いている。

「驚きました。こんなに月のモノたちが集まっているなんて」

「嵐山に住んでいる、月界の生物ですか？」

「ええ。しかし普段は姿を見せないモノばかりで……。僕も、初めて見るモノが数多くいます」

「月の洞に集まっているのは、台風だからでしょうか」

「ええ。やはり台風のせいでしょうね。オオツノ様が皆を守るために、わざわざ月の洞を作ったのだと思います。ここは一種の〝結界〟なのでしょう」

淡々と分析しながらも、文也さんの目は爛々《らんらん》と輝き、興味深そうに洞窟の月のモノを見渡していた。

ワクワクしている。あの文也さんが……

その珍しい表情に、私もまた、目を奪われていた。

そのせいで、柔らかく弾力のある〝何か〟を踏んでしまった。

「ふげーっ」

「きゃあ」

奇妙な鳴き声に、思わず飛び上がる。

白くて丸い、毛深い何かが足元にいた。連鎖反応のごとく、あちこちから「ふげー」「ふげー」という鳴き声が響き、同じ種の白くて丸い何かが、集団でドッと私たちに向かって押し寄せてきた。

「これは、毛羽月天《けうげってん》！」

「け、けうげってん⁇」

「丸く、羽毛に覆われた月界生物です。鳥です」

鳥か……。

一羽一羽は柔らかく軽いのだが、それが集団になってドンドン押し寄せてくるので、私たちは揉み込まれ、押《お》し潰《つぶ》されそうになる。

「すみません、すみません。きっと私が踏んでしまったので、怒らせたんです」

「六花さん、こちらに……っ、わっ」

文也さんが私を引き寄せようとしてくれたが、毛羽月天が集団移動する流れに逆らうことができず、私たちは二人してその場に倒れた。

「……っ」

文也さんが私に覆いかぶさる形で、毛羽月天に潰されないよう庇《かば》ってくれている。

「ふ、文也さん⁉　大丈夫ですか⁉」

「大丈夫です。六花さん、動かないでください。どうかそのままで」

「…………」

文也さんの顔が近い。文也さんの顔が近い。

ポタポタと、文也さんの細い髪から雨の雫《しずく》が垂れて、私の頬を跳ねて転がる。

こんな形で身動きが取れない中、不可抗力の距離感に、私の胸の鼓動は高鳴っていた。

ああ、ごめんなさい。

こんな時に、ときめいてしまってごめんなさい。

文也さん、めちゃくちゃ必死な顔をして、重さに耐えてくれているのに！

「……っ、いい加減に退け、毛羽月天！」

いよいよ、文也さんが言葉の力を使って毛羽月天に命令する。

すると、上に乗っていた毛羽月天たちは「ふげ～」と気の抜けるような声で鳴き、緩やかに転がって私たちから離れていった。

一体全体、何だったのだろう。

「ふ、文也さん、大丈夫ですか？　体は痛くないですか？　腰とか」

私はオロオロしながら、起き上がる文也さんに尋ねる。

ずっと私に覆《おお》い被《かぶ》さり守ってくれていた。絶対、重かったと思うのに……

「やつらは柔らかかったので、問題ありません。しかし六花さんは華奢《きゃしゃ》ですし、圧迫されたら苦しいでしょうから」

「あの。ありがとう……ございます」

ポッと頬を染めつつ、お礼を言った。

文也さんは「いえ」とだけ言って立ち上がると、自分の懐から手ぬぐいを取り出し、それを念動でグルグルと捻り、水を絞り出す。そしてバタバタと宙ではためかせている。

なるほど。濡れた手ぬぐいを乾かしているんだ。

念動を自在に操れるようになったら、あんなこともできるのか。

「こちら乾いておりますので、少しは濡れたところを拭えると思います。よかったらお使いください」

「え、そ、そんな。文也さんが使ってください。風邪をひいてしまいます」

私は手を目の前で掲げて、首を振った。

「僕は大丈夫です。それより六花さんの方が心配です。水無月の着物は雨に濡れてもすぐに乾きますが、六花さんは髪が長いですし、濡れていると寒く感じますから」

確かに、言われてみるとさっきまで濡れていた着物がすでに乾いている。

銀蚕《ぎんかいこ》の絹で織った反物は、水無月の人間が纏っていると身体に合わせて伸び縮みしたり、重さを全く感じなかったり、季節に合わせて涼しかったり温かかったりする。更に、水に濡れてもすぐに乾くのか。有能だなあ。

なんて考えていたら、文也さんは乾いた手ぬぐいを私の頭にふわりと被せて、丁寧に髪の雫を拭ってくれた。

ああ。私が手ぬぐいをさっさと受け取らないから、結局文也さんの手を煩わせてしまった……。

文也さんの真剣な眼差しをチラッと見上げる。

私の髪をワシワシと拭《ふ》くその行為は、妹や弟の世話をする兄の、なんてことない、ごく当たり前のことだったのだろう。

胸がドキドキして仕方がなかったけれど、一方で、自分ばかりが文也さんのお世話になって、勝手にときめいて、恋心に翻弄《ほんろう》されているのがやるせない。

やはり、文也さんが簡単に私に触れられるのは、私が〝好きな女の子〟ではないからだ。

「…………」

何とも言えない切ない気持ちを隠しつつ、私も自分の着物の袖《そで》を持って、文也さんの頬の雫を拭う。すぐ側で、彼の顔を見上げながら。

すると、文也さんは少し、らしくない反応を示した。

じわっと目を見開いて私の顔を見つめたかと思うと、ふっと視線を逸らしたのだ。

「くしゅん」

「⁉」

しかし私がくしゃみをしたからか、文也さんは慌てた様子で近くにいた毛羽月天を鷲摑《わしづか》みにし、それを私に差し出した。

「こ、これ！　毛羽月天！　軽くて温かいですから、抱きしめておいてください」

「あ、はい」

言われた通り毛羽月天を抱きしめる。

温かい。まるでクッションのようだ。

私たちは、すぐ側の苔の絨毯《じゅうたん》に座り込み、柔らかくて温かい毛羽月天たちに囲まれて、やっと落ち着いた。

「ここで、台風が過ぎるのを待ちましょう。外には出られないでしょうから」

隣に座る文也さんが、落ち着いた口調でそう言う。

「みんな、心配しているでしょうね……」

「ええ。大ごとになっているかもしれませんが、これぱかりは仕方がありません。むしろ、六花さんを巻き込んでしまって、申し訳ないです」

「そんな。私が、ついていくと言ったんです。すみません、何のお役にも立てず、足手まといになってしまいました……」

言いながら、私は少し情けなくなっていた。

文也さんの力になれたらと思っていた。

だけど、ここに来ても結局は守ってもらってばかりだし、お世話になってばかりだ。

私がいなければ、文也さんはもっと自由に行動できただろう。

「そんなことはありません。むしろ六花さんがいたから、オオツノ様はここに僕たちを招き入れたのでしょう。それに、僕は、ここに来ることができて、少し嬉しかったりします」

「文也さん……？」

文也さんは苦笑していた。

確かに文也さんは、ここで珍しい月のモノと遭遇し、喜んでいる様子だった。

「ほっ。ほっ。ほっ。でし～」

そんな時に洞窟の奥から、緑色の丸い物体が、毛羽月天の上をピンポン球のごとく飛び跳ねながら、こちらに向かってきた。聞き覚えのある声もする。

「ボス～。お内儀～」

「あ、6号」

「お前、こんなところにいたのか！」

それは、私たちがずっと捜していた月鞠河童の6号だった。

6号はとぼけた顔して、

「はああ～、もしかしてミーのこと捜してたでしかー？　毛玉の集団移動に巻き込まれ、ギュムギュムに潰されていたら、いつの間にかここにいたんでし」

などと緊張感のない口調で言う。こちらとしては長いため息だ。

「捜しても捜しても、6号が見つからないはずです。月の洞にいたのなら」

「そうですね……」

私は「あ」とあることを思い出し、懐を探った。

そして、ラップで包んだおにぎりを一つ取り出す。柴漬けのおにぎりだ。

私はラップを剝《は》いで、6号に差し出した。

「6号、お腹空いてるでしょう？　お食べ」

「はああ〜、お内儀〜〜。ありがたやありがたや」

6号は水かきおててを擦り合わせ、号泣しながらおにぎりにがっつく。

「な、泣かなくてもいいのに……」

「それほど空腹だったのでしょう」

これには私も文也さんも顔を見合わせ、クスクス笑う。

だけどまあ、6号を捜しに来たかいもあったというものだ。

「六花さんは優しいですね」

「え？」

「6号のために、そのおにぎりを持ってきたのでしょう？　あやかし相手に、そんな風に優しくできる人間は、水無月にはあまりいません。僕だって月鞠河童たちのことは大事ですが、どうしても部下か眷属《けんぞく》のように扱ってしまいますし」

「そ、そんな……私……」

褒められているのだろうか。少し気恥ずかしくなって、視線を落とす。

6号は相変わらず、おにぎりを必死に啄ばんでいた。もっと気を利かせて、文也さんの分も持ってきていたらよかった。

「ですが、僕は少し心配になります」

「え……?」

私は顔を上げる。文也さんは僅かに眉を寄せていた。

「あなたはあまりに、他人を……僕を気遣《きづか》いすぎている。あの家に馴染もうとして、気を張っているように見えるのです。あなたはとてもいい子です。共感性が高く、一つも欲しがらず、他人に与えてばかりで。しかし自分のことを、もう少し優先させてもいいと思いますよ。やりたいことや、欲しいものがあったら言ってください。わがままを、僕にぶつけてくださってもいいんですよ」

「………」

わがままを、文也さんに……?

だけど、きっと、文也さんは誤解している。

「私、そんなにいい子じゃありません」

「六花さん？」

「自分のことばっかりです。だって私……」

いい子なのではなく、いい子に見られたいと思っているだけだ。

そこには打算があって、下心がある。

文也さんに、少しでも自分をよく思ってもらいたい。気に入ってもらいたい。

側にいてもいいと言ってもらいたい。嫌いにならないでほしい。

あなたの大切な家族の一員でいたい。

できることなら、あなたの一番になりたい——

そんな〝わがままな子〟である私が、いい子であるはずがない。

だけど、こんな風に考えてしまう私は、やっぱり、どこかおかしいのかもしれない。

愛に飢えている。自分が惨《みじ》めだ。

「すみません、僕、あなたを傷つけるようなことを言ってしまったかもしれません」

文也さんが慌てていた。眉を寄せ、私の顔を覗《のぞ》き込《こ》み、酷《ひど》く心配している。

私、どんな顔をしていたのだろう。

「僕の言葉には力が籠ってしまう。力のあるあなたの耳には、余計に強く響いてしまうと、わかっていたのに」

「いえ、違うんです」

私は何度か首を振った。そして抱きしめていた毛羽月天に顔を埋《うず》める。

「傷ついた訳ではありません。ただ、私……本当はとてもわがままな子なんです」

文也さんは、私の恋心を知らない。そこから生まれる欲望を知らない。

私はこの欲望をどうにか表に出さないようにしているけれど、ふとした行動に表れてしまう。そして自分を省みて、勝手に落ち込んでしまうのだ。

「六花さん……？」

「大丈夫です。私、思うままにやっているだけですから」

思うままに。想うままに……

きっとこれが恋煩いというやつなんだろう。

そう思うことにして、私は顔を上げて、微笑んだ。

文也さんは困っていた。私の言動は、文也さんにとって意味不明に違いないから。

「じ、じゃあ、一つだけ……文也さんに、ずっと聞きたいと思っていたことがあったのですが、いいですか？」

「ええ、何でしょう」

「えっと。水無月の遺産騒動について、です」

この流れでは、予想外な話題だったのだろう。

文也さんは、ハッと驚いた顔をしていた。

「その。以前、文也さんは水無月の遺産……〝天女の羽衣〟は先代によって隠されてしまったとおっしゃっていました。そして、見つけ出した者にこれを与えると、先代の遺言書に書かれていた、と」

あれは私の母と、双子の姉の六美《むつみ》が本家に来た時のこと。

文也さんは母に、水無月家最大の遺産〝天女の羽衣〟についてと、先代の遺言書について話をしていた。

「……そうですね。六花さんに、そろそろお話しする頃合いかもしれません」

文也さんは、私が何について疑問を抱いているのか、すぐにわかったようだ。

そして、隣で少々神妙な面持ちになり、ポツポツと語り始める。

「先代当主……水無月十六夜《いざよい》が残した遺言書には、天女の羽衣の相続権について書かれておりました。本来、天女の羽衣とは本家が所有し、それを守り続ける義務があるのですが、そもそも本家長子がいない状況下でしたので、分家の人間たちが、本家の天女の羽衣の所有について、ずっと異議を唱えていたのです。特に、長浜《ながはま》一門が」

水無月家分家、長浜一門。

以前、伏見稲荷大社《ふしみいなりたいしゃ》でも長浜一門の人々に会ったことがあるのを私は思い出した。

「十六夜は、自分の寿命が残り僅かだと悟った頃、自分の死んだ後のことを酷く心配していました。天女の羽衣を通例通り本家の次期当主に……要は僕に相続させたとして、それの所有権を強引に他の分家に奪われてしまうのは、時間の問題だったからです」

文也さんは語った。

十六夜は、本家の威信が地に落ち、分家に立場を奪われることを、最も恐れていた、と。

「曾《ひい》お祖父《じい》さんは、次期当主の文也さんが心配だったのでは？」

「……さあ、それはどうでしょう」

文也さんはらしくない様子で、苦笑した。

「実の曾祖父《そうそふ》ではありましたが、可愛がられていたという気は全くしません。ただ、十六夜が僕を次期当主に据えたのは、六花さん、あなたの存在があったからでしょう」

「……私？」

「以前もお話ししましたが、僕と六花さんの婚姻は予言されたものでした。当然、十六夜もそのことを知っていたので……六花さんが戻ってくる本家というのを、何としてでも守らねばと考えていたのだと思います」

何だかとても奇妙な感覚だ。会ったこともない曾お祖父さんが、私のことをそんな風に気にかけていたなんて。

そして文也さんは、少し真面目な顔つきになる。

「十六夜が天女の羽衣をどこに隠したのかは、誰も知りません。見つけ出した者が天女の羽衣を相続すると書かれていても、今現在に至るまで、それを見つけた者はおりません」

「どこを探しても、ないのですか？」

「ええ。水無月の人間たちは、思い当たる場所であれば全て、探し尽くしたのではないかと思います」

と、文也さんはどこか他人事《ひとごと》のように言うのだった。

「文也さんは、天女の羽衣を探していないのですか？」

私は天女の羽衣について話を聞くことはあっても、文也さんがそれを必死に探している素ぶりを、今まで見たことがない。

「本家としては、天女の羽衣を分家に取られると非常に厄介ですから、それを入手しなければならないというのは確かです。ですが失《な》くし物を探して家中の箪笥《たんす》をひっくり返すようなことはしていません。きっとそれは、無意味だからです」

「無意味？」

「僕は思うのです。天女の羽衣……それはきっと、何かの条件を揃えた時に出現するものではないか、と」

出現するもの。そう言われても、この時の私はピンと来なかった。

多分、困ったような八の字の眉のまま、小首を傾《かし》げていたと思う。

文也さんは話を続けた。

「出現の条件が何なのか……場所や日時、あるいは何かしらの神通力が作用するのか、まだ何もかもが未知数です。十六夜から、何かしらのヒントを聞いた訳でもありません。しかし僕は、六花さん、あなたと共に日々を過ごしていれば、それは自《おの》ずとわかってくるのではないかと考えています」

「私と……？」

「ええ。今回、六花さんがいたから入れた〝月の洞〟があるように、あなたがいるからこそ見えるもの、触れられるもの、開くもの、許されることは、多くあるのです」

「…………」

そう言われると、条件をもって出現するという感覚が少し理解できた。

ただ、それなら、本家の長子に与えられた権利は、何だかちょっぴり卑怯に思える。

「すみません。こんなことを言うと、ますますあなたを利用しているようで……」

「い、いえ。お役に立てるのなら光栄です！」

お役に立てる、とか言いながらも、私は本家の長子の権限を上手く使えてはいない。

理解してもいない。

そもそも、水無月家の人間なら誰もが使えるという〝念動〟すら、まともに使いこなせない。うん、スプーン曲げの特訓をもっと頑張ろう。

そんなことを考えていると、急に眠気に襲われる。

うつらうつらと、意識が遠のいたり、ふと戻ってきたり。

そのうちにポテッと文也さんの肩に頭を横たえてしまい、ハッとして、慌てて意識をシャンとさせる。

「す……っ、すみません」

「いえ。どうぞお眠りください、六花さん」

「で、でも」

「ここは安全ですし、嵐が過ぎるのを待つ以外にはありませんので。僕の肩、どうぞお使いください。ああでも、毛羽月天を枕《まくら》にして横になった方が眠りやすいかも」

「……いえ。お言葉に甘えて、文也さんの肩をお借りしてもいいですか?」

「……? ええ、どうぞ。お使いください」

文也さんはきょとんとしていらっしゃる。

やっぱり文也さんはわかっていない……

私は隣り合う文也さんに、もう少しだけ身を寄せて、その肩にゆっくりと頭をのせた。

何というか、男の子の逞しい肩だ。ホッと安心して、呼吸を繰り返し、長らく続いていた緊張が解けていき、私はうつらうつらとし始めた。

「おやすみなさい、六花さん」

「……はい。おやすみなさい、文也さん」

今ばかりは文也さんを独《ひと》り占《じ》めできる。

文也さんにもたれかかって、その温《ぬく》もりをひたすら感じて、安心して眠りにつく。

目が覚めた後も、文也さんがそこにいる。怖いことや寂《さび》しいことは何もない。幸せだ。

明日には、嵐は去っているだろうか。

嵐は本格的な夏を連れてくるだろうか。

夏は、私たちの関係をどう変えていくのだろう。

○

まどろみの中、夢を見ていた。

足元にたくさんの風車が突き刺さっていて、カラカラ……カラカラ……と、もの寂しい音を奏《かな》でながら不規則に回っている。

私以外誰もいない、寂しい場所。

だけど、どこか懐かしい気がする場所。

地上に影ができて、空を見上げると、巨大な何かが蛇行《だこう》しながら飛んでいた。

あれは……龍？

おとぎ話に出てきそうな龍が、大河のごときうねりを描いて、空を飛んでいる。

そして、遠く遠くへと行ってしまった。銀の月の浮く方へ。

遠ざかる龍は、いくつかの手に、瑠璃色《るりいろ》の玉を握っていた――

○

翌朝、目覚めると文也さんの寝顔が近くにあって、心臓が飛び出そうなほど驚いた。

文也さんの寝顔を初めて見た気がする。

私はしばらく固まって、その寝顔をまじまじと見ていた。

いつも、どこか緊張感の中にいる文也さん。キリッと引き締まった表情が素敵だけれど、寝顔はやっぱりあどけなくて、隙だらけ。

そんな文也さんも魅力的だ。

「ん……」

文也さんの目元がふるえた。

そして、ゆっくりと目を覚ます。

文也さんは寝起きの声で小さく唸った後、すぐ隣にいる私を見てハッとして、私に寄りかかっていた体をしゃんとさせた。

「す、すみません！　僕、もしかして六花さんにもたれて寝ていましたか⁉」

「い、いえ、そんな。大丈夫です」

私はポッと頬を染めた。

「重かったでしょう。すみません。僕が肩を貸していたはずなのに……っ」

「わ、私もさっき目覚めましたから。気にしないでください」

むしろ、文也さんの寝顔を近くで見られたので役得だ。

私にもたれかかってくれたことも、何だか嬉しい。気を許してくれたみたいで。

ただ、文也さんはどうにも自分のことを情けなく思っているようで、今もまだ顔に手を当てて、項垂《うなだ》れていらっしゃる。

「あの、文也さん。月のモノたちがいないのですが……」

「ああ、きっともうこの洞穴から出ていったのでしょう。嵐は去ったのだと思います」

文也さんは顔を上げ、いつもの調子に戻ってそう言った。

ヘソ天で寝ている月鞠河童の6号だけをここに残し、他はもう何もいない。私が抱きかかえていたはずの毛羽月天も、いない。

本当にガランと開けた、ただの洞穴だ。昨日の光景が、まるで嘘のよう。

私たちは外の様子が気になって、6号を連れて月の洞を出た。

「わあ。嵐山の、朝の匂い……」

外はすっかり明るく、毎朝、早起きして浴びる空気と同じ匂いがした。

振り返ると、月の洞はもう跡形も無くなっていた。ただの断崖がそこにある。

あれはやっぱり、オオツノ様が台風の時だけ生み出す結界なのだな。


嵐山の山中は、台風が通ったということで、やはりめちゃくちゃな状態だった。

幸い、大きな木が折れて倒れている、などというのは見かけなかったけれど、枝や木の葉があっちこっちに散乱している。

「これは、後片付けが大変そうです」と、文也さん。

「お屋敷は無事でしょうか……」と、私も真っ青。

文也さんと私は、足場に気をつけながら、急いで本家の屋敷に戻った。

今度は迷うことなく戻ることができた。

「あ、兄貴！　六花さん！　わー、よかった〜帰ってきた〜」

庭先まで戻ると葉君が起きて出てきていて、私たちの姿を見ると、わかりやすく安堵の表情を浮かべた。

「すまない葉。色々あって、戻れなくなっていた」

「いやマジで心配したよ。苦手な伏見のお祖母様に電話かけたくらい。でもお祖母様、当主たるもの台風で死んだりしない、六花様がご一緒なら月のモノが助けてくれる、なんて言うんだぜ？　無茶苦茶だよな〜」

「お祖母様は、相変わらずの妖怪っぷりだな。当たってるから、なお怖い」

文也さんは、疲れた声でぼやいた。

確かに千鳥《ちどり》さんは、まるで私たちの状況を見ていたかのようだ。

「なになに、二人、戻ってきたの？　おかえり〜」

卯美ちゃんも目を擦《こす》りながら起きてくる。

どうやら昨夜ばかりは、月鞠河童たちに埋もれながら、お座敷に布団を敷いてみんなで眠ったようだ。お屋敷とその周辺は、卯美ちゃんの結界のおかげか、台風後とは思えないほど綺麗で、いつも通りだった。

三毛猫姿の霜門さんもそろりそろりと出てきて、縁側に佇み、前足を舐めていた。

「よお。朝帰りとはやるじゃねーか、お嬢ちゃん。文也とはいいことがあったかい？」

「え」

「伯父さん、六花さんに変なこと言わないでください。追い出しますよ」

文也さんは、冷え冷えとした視線を霜門さんに向けている。

霜門さんは、ここぞと猫らしく「にゃー」と鳴いただけだった。

「おーい、でし〜」

文也さんの肩に乗っていた6号がぴょんと飛び降り、ぞろぞろとお座敷から帰宅する月鞠河童たちの列に戻っていった。

「あー。ろくごうだー」

「今年は一匹も、いなくならなかったでし」

「めでたしめでたし、でし」

うん、そうね。

皆が無事でいたことが何より。

今日も今日とて、目一杯、セミが鳴いている。

天気予報通り、台風一過の京都は、いっそう夏らしく暑くなりそうだ。

裏

文也、真昼の輝夜姫に目を奪われる。

僕の名は水無月文也《みなづきふみや》。

天女の末裔と謳われる水無月家の、五十五代目当主である。

そしてもう一方の顔に、洛曜《らくよう》学園高校の生徒会副会長というのがある。

我々生徒会には、夏休みの間もやるべきことが山積みだ。

なにせ、我が校の生徒会は、全員が霊的能力者である。陰陽師、退魔師、呪術師《じゅじゅつし》など、呼び方は様々だが、まあ要するに、妖怪や幽霊を見ることができ、払ったり懐柔したり、はたまた交流できたりする者たちのことだ。

京都は、日本で最も多くの妖怪たちが住まう魔都。

ここ、洛曜高校は一般人も多く通う私立学校ではあるが、生徒会は前任の指名制で成り立っており、退魔師の名門の子息が集まるのが習わしだ。

かくいう僕は、あやかし退治が専門の退魔師や陰陽師という訳ではないが、天女の末裔・水無月家という特殊な一族の人間であり、彼ら退魔師たちとは商売上関係が深いため、生徒会役員の一員を務めている。

そうやって、のちの陰陽界を担う若者たちとの交友を深めているのだった。


「いただきます」

学園の生徒会室にて仕事を一段落させた後、持ってきていた弁当を広げ手を合わせていた。

今日の六花《りっか》さんの弁当は、僕の好きなメニューで彩《いろど》られている。

唐揚げ四個に、厚焼きの出汁《だし》巻き卵、伏見甘長とうがらしとこんにゃくのきんぴら、かぼちゃのそぼろ煮、朝採れのプチトマト。

伏見甘長とうがらしは、僕が畑で育てている京野菜で、以前僕が好きだと言ったのを六花さんが覚えてくれていて、よく美味しい副菜にしてくれる。かぼちゃは先日大きいのが穫《と》れたので、毎日色々な料理になって食卓に出てくる。かぼちゃのそぼろ煮は、きっと母の料理帳にあった料理だろう。とても懐かしい味がするから。

あ。白いご飯の横に、はりはり漬けが。

六花さんの、お中元でいただいたお漬物消費チャレンジは続いているようだ。

「副会長、それ、愛妻弁当っすか」

生徒会役員二年の芦屋《あしや》が、机の向かい側から焼きそばパンを頬張りつつ、弁当を覗き込んでいた。

「うわ、ガチの手作り唐揚げ弁当。いいっすね、王道で美味そうっす」

「芦屋も、カレンさんに作ってもらえばいいじゃないか」

「あの人が料理すると思いますか？　むしろ俺が飯を用意させられるんすけど」

「いいじゃないか。今時で」

カレンさんというのはうちの女性生徒会長のことだ。

彼女はのちの陰陽界のトップ・陰陽頭《おんみようのかみ》であるため、婿養子《むこようし》の芦屋が身の回りの世話を焼き、カレンさんをサポートすることになる。現代社会において妻のサポートをする夫という構図は、そう珍しいものではない。

ちなみに芦屋は名門芦屋家の三男で、僕の後輩だ。後輩といっても、幼い頃からの長い付き合いなので気心の知れた仲でもある。

「副会長のお内儀は、献身的で家庭的なんすね。さすがは古風な水無月家」

「いや、純粋に水無月で育った女性なら、もっと好き勝手にやっている」

卯美《うみ》がいい例だ。経済的に苦しむことなどないし、時間を持て余しがちだから、自分のやりたいことを見つけて没頭できる。けれど、六花さんにそんな余裕はなかった。

「六花さんは父子家庭で育ったんだ。家事は全部彼女がやっていたみたいで……」

おっと、六花さんのことを喋りすぎただろうか。

しかし察しのよい芦屋はそれだけで「ああ、そういうことすか」みたいな反応をする。

そして人様の弁当から、唐揚げを一つ摘《つま》んで自分の口に運ぶ。

六花さんが作ってくれた唐揚げを……っ。

「あ、美味いっすね。薄口醤油で下味を付けているのか。いいなあ、家庭的な許嫁」

「お前はカレンさんの尻に敷かれてろ。一生」

「副会長、怒《おこ》ってんすか？　怒ってんすか？」

後輩相手にムキになって、芦屋から弁当箱を遠ざける。これ以上おかずを奪われてはならないから、弁当を急いで食べる。

今日も今日とて、六花さんのお弁当は見事だ。一つ一つのおかずが丁寧で、食材も無駄なく大切に扱っており、栄養のバランスもよい。何より美味い。

すでに料理の基礎ができていて、更に母の料理帳をよく見ているのだろうな、というのがわかる、僕にとって親しみやすい味付けばかりだ。

六花さんはいつもそう。

自分のことより、僕や家族のことを優先する。弁当一つから、それがよくわかる。

料理の味付けだって、もともと自分がやっていたものに加え、京都という土地の、僕らが慣れ親しんだものを勉強し、少しずつ擦り合わせているのだ。

どうして他人に、そこまで合わせることができるのだろうか。

本人の、もともとの気質もあるのだろうが……いつもとても、健気《けなげ》なのだ。

生徒会の仕事を終えて、嵐山の屋敷に戻った。

しかし家にいるはずの六花さんの姿が見えない。

「霜門《しもん》伯父さん、六花さんは？」

縁側で日向ぼっこをしていた三毛猫に声をかける。

この三毛猫は、母の兄である霜門伯父さんの成れの果てだ。

「さあな。庭に出ていくのは見たぜ」

「庭に……？」

どこに行ったんだろう。

僕は何となく気になって、いつもならすぐに作業用の袴に着替えるところを、制服のまま庭に出た。

――水無月六花さん。

本家の正統な血を引く女長子。二つ年下の、僕の許嫁。

弁当の一件もそうなのだが、六花さんはこの家にどうしたら貢献できるのかを、日々考えているように見える。僕を含めた本家の人間に、いつも何かをしてくれようとする。

それが彼女にとって日々の活力になっているのならいいが、その姿が無性に切なく感じられ、心配になる時がある。まるで、この家に居場所を作ろうと必死になっているかのようで……

誰もあなたを、ここから追い出さない。

嫌いになったりしない。

だけど彼女だけは、まだ自分の足場がグラグラと揺れているように思えて、怖くて不安で、仕方がないのではないだろうか。

彼女の、自分への自信のなさ、自己肯定感の低さは、致命的なほど根深い病だ。

それは、実の母親に拒絶され続け、双子の姉と差別され続け、最愛の父に先立たれた心の傷に由来する。

六蔵《りくぞう》さんは特に罪深い。最後の最後で六花さんを突き放したのだから……

僕が迎えに行ったあの日、六花さんは枯れかけた花のごとく、絶望の縁《ふち》に立っていた。

心を一度折ってしまうと、それを完全に修復するのはとても難しい。表面的には治って見えても、深いところで完治できていない、そんな傷だ。

彼女はもしかしたら、この世界で、自分のことを一番に思ってくれる人など存在しないと考えているのかもしれない。

それは僕のような〝許嫁〟でさえ。

どんなに尽くしても、愛情を求めても、いつも最後に選ばれず、突き放され続けた人だった。彼女は自分が愛されないことを知っていた。

だからだろうか。

六花さんは、時々こちらが不安になるほど、寂しそうな顔をすることがある。

そんな彼女に、もっと温かいものを与えたくて、僕もまた日々考える。

毎朝、一緒に早起きしてくれる彼女に、一輪の花を贈るようにしている。

月界植物の名前を教えるという名目で、その日、一番見事に咲いたものを見つけて、摘んで、家で朝食を作って待ってくれている彼女に差し出すのだ。

六花さんはあれをどう感じているのだろう。

キザっぽいとか思われていたりするのだろうか？

面倒臭いなとか思われていたり……

いや、わからない。女心は難しい。

奔放な卯美や、腹のうちの読めない水無月の女性たち、自立した生徒会の女性たちと接することしかなかったから、あのように繊細で献身的で、愛に飢えた女性を知らなかった。

何をしたら、彼女は喜んでくれるだろう。

僕に安心感を抱いてくれるだろう。

嫌われているとは思わないし、どちらかというと、好意を向けてくれているのだという自覚もある。以前、霜門伯父さんにも近いことを言われた。

だけどそれは、まだ、恋じゃない――

僕に見捨てられては生きてはいけない。そういう生存本能、危機感、依存心からやってくる、恋心に近い〝何か〟だ。

だけどその〝何か〟を利用してでも、彼女を側に繋ぎ止めておかなければならない。

僕と結婚してもらわなければならない。

僕はそういう立場の人間で、きっと、誰より罪深い。

だからこそ僕が、その感情を〝恋心〟と言ってはいけない気がしていた。


水無月の庭の奥に、白と薄紫色の花びらを持った〝夏月花《なつげっか》〟という花の咲き乱れる斜面がある。そこに金環蝶が群がっている一帯を見つけ、何だか妙だと思って注視していると、誰かが横たわっていることに気がついた。

「……六花さん？」

なぜか六花さんが、この花畑に埋もれる形でスヤスヤと眠っていたのだ。

あまりに深く眠っていそうだったので、心配になって声をかけた。

「六花さん、六花さん」

肩に触れ、その細さに少し驚きながら、軽く揺する。

今日の六花さんは、薄手の白いワンピースを着ているからか、長く波打つ漆黒の髪がよく映える。そんな六花さんの周囲を、無数の金環蝶が飛び交っている。

ああ。こういうのを、透明感のある人というのだろうか。

六花さんの場合、本当に、消えてしまいそうな儚さがある。

「ん……」

何度か名前を呼んでいると、六花さんは瞼《まぶた》をゆっくりと上げた。

輝《かぐ》夜《や》姫《ひめ》――

彼女の目覚めを表現するのに、どうしてか、その名がよぎった。

目覚めの一瞬が息を呑《の》むほど美しく、完璧《かんぺき》なもののように感じられたからだ。

胸の奥底で、クラクラと揺れる、この感情は何だろうか。

「文也……さん……？」

長い睫毛《まつげ》を瞬かせ、彼女は僕の名を呼んだ。

そして徐々に口を大きく開けて、バッと起き上がる。

花びらが豪快に舞い上がり、彼女の白いワンピースを彩った。

金環蝶もひらひらと、飛び去る。

「あ……っ。私、私、どうしてこんな場所で寝てしまったのでしょう……っ」

当の六花さんはというと、林檎《りんご》のように真っ赤になった頬を両手で覆い、恥ずかしがっていた。

「金環蝶に誘われて、少しだけお庭をお散歩していたのです。今日は風が気持ちよくて、甘いよい匂いがしてきたので。それで、このお花畑を見つけて……っ」

アワアワと、言葉足らずの説明をして、目を回している六花さん。

相変わらず可愛らしい人だ。

「いえ、その。心地よい眠りであったなら、結構なことです。それに夏月花の甘い香りにはリラックス効果もありますから」

そして僕は何を言っているのか。許嫁を前に浪漫《ロマン》もムードもありはしない。

ただ、六花さんは今も夢うつつなのか、少しばかりぼんやりとしている。

「大丈夫ですか？　気分が優れないとか」

「いえ。あ。その……」

六花さんは今一度、顔を手のひらで覆う。

「こんな寝顔、文也さんには見られたくなかったな……って」

僕は目をパチクリとさせた。

「そんなに心配しなくても。とても美しかったですよ」

正直な言葉を堂々と述べたものだからか、六花さんは驚いて、ますます顔を赤くしてしまった。言った後に、僕も少し「あ」と思ったりする。

僕の言葉には力があり、六花さんはその聴覚に力がある。

誰より、響きやすい。そしてきっと、嘘の言葉は見抜かれる。

今回は正直すぎる言葉だったからこそ、六花さんには強く響きすぎたのではないだろうか、と思って心配になった。フォローしたつもりが、ますます恥ずかしい思いをさせたなら申し訳ない。

幼い頃から、物事ははっきりと伝えることを心がけるようにしていた。

実直な言葉こそ、僕にとって最も有効な武器だったからだ。皐太郎《こうたろう》は僕のこれをダイレクトアタックなどと言うが……

しかし、許嫁に対し、正解の言葉がわからないのはもどかしい。

あまりグイグイいくと、六花さんのような繊細な女性には恐ろしいだけかもしれない。

もっと、柔和で曖昧《あいまい》な物言いの方がいいのだろうか。

「少し冷えてきました。家に戻りましょう、六花さん」

「はい」

六花さんに手を差し出すと、彼女は僕の手を取り、立ち上がる。

こうやって手に触れ合うことに、お互い、抵抗はなくなっていた。

「文也さん、今夜は何が食べたいですか？」

六花さんは僕を見上げて尋ねる。

「んー、そうですねえ。何がありますか？」

「ひき肉が余っているので、ピーマンの肉詰めか、麻婆《マーボー》茄子ができそうです」

「どちらも美味しそうですね」

「ではどちらも作りましょう。皆さん、たくさん食べますし」

「大変ではありませんか？　僕も手伝います。役に立つかわかりませんが……」

「ですが文也さん、お仕事は？」

「今日はもう……いいかなって」

来客の予定もないし、今日はもう、仕事に没頭できる気がしない。

どちらかというと、こんな風に、六花さんと当たり前のような会話をして、一緒の時間を過ごしていたい。

「では、畑で少しお野菜をいただいてもいいですか？　ピーマンと、茄子と、オクラを」

「はい、もちろん」

以前はもっと、流されるように受け身だった。

だけど最近は、自分から何か質問したり、提案したり、意見を言うようになってきた。

もしかしたら、六花さんは僕が思っているよりずっと、前向きに、再生の日々を生きているのかもしれない。

窮屈な思いをさせていなければいいな、と願う。

彼女にとって悲しいことなど一つもない、穏やかな日常が続けばいいのに、と。
何も僕が、彼女を助けてばかりいるのではない。
きっと僕の方が、彼女の存在に癒やされ、生かされ、救われているのだから。

第五話

長浜の若君

「卯美《うみ》ちゃん、今日は私も文也《ふみや》さんも出かけます。お昼のお弁当、ここに置いておきますね。卯美ちゃんのリクエストの、カレーピラフですから」

「わーい、ありがとー」

本家の長女、卯美ちゃんは中学二年生。

夏休みの間は、自分専用の蔵に引きこもって、ゲームばかりしている。

ものすごく別嬪《べっぴん》さんなのに、普段は一日中白い浴衣《ゆかた》姿だし髪も鳥の巣のようにうねっている。

今日は卯美ちゃんが一人でお留守番になる予定なので、私は卯美ちゃんにお昼のお弁当を作ったのだった。

「何のゲームをしているんですか？」

「ん？　乙女ゲームだよ。イケメンたちを次々に攻略する」

イケメンならお兄様方がいるではないか……

という気がしなくもないけれど、卯美ちゃん曰く、自分にとって都合のよいイケメンは二次元にしかいない、とのこと。

なるほど。奥深い。

「その黒髪の和装の人……卯美ちゃんのお気に入りのキャラクターですか？」

私も蔵に上がって、卯美ちゃんのやっていたゲームの画面を見ていた。

「そうそう。今の最推し」

「…………」

卯美ちゃんは上機嫌だ。だけど私は首を傾げる。

最推し、という黒髪のキャラが、誰かを彷彿《ほうふつ》とさせたのだった。

「何だか、信長《のぶなが》さんに似ていますね」

「ぶっ」

卯美ちゃん、飲んでいたカルピスを吹き出しかけた。というか吹き出した。

「六花《りっか》ちゃん、そりゃ禁句だろ……」

「えっ!? あ、ごめんなさいっ!」

卯美ちゃんの、その時の表情は説明しがたい。

怒っているのか青ざめているのか、呆れているのか嘆いているのか……

水無月《みなづき》家の分家、長浜一門に水無月信長さんという人がいる。

ちょうどこのキャラクターのように、黒髪で切れ長な目をした和装の美男子なのだが、本家と対立した分家の跡取りでもあるため、文也さんと大層仲が悪い。

それでいて、卯美ちゃんの許嫁でもある。

「あの～。やっぱり卯美ちゃんは、信長さんのこと、お嫌いなんですか？」

「あたりめーだろ。あいつは敵だ！」

卯美ちゃんは眉間に皺《しわ》を寄せた、機嫌の悪そうな顔をしていた。

私の一言が、彼女を怒らせてしまったんだろう。

私が何度か謝りハラハラしていたら、卯美ちゃんは「ふん」と言ってゲームに向き直り、小さな声でボソッと呟く。

「でもね。信長のやつ、昔はああじゃなかったんだよ」

「え？」

「もっとずっと優しかった。あたしにも」

卯美ちゃんはゲームの画面を見ているようで、もっとずっと、遠くを見ている。

そしてポツポツと語り始める。許嫁である信長さんのこと。

「文兄《ふみにい》とも仲がよかった。信長は文兄をいつも助けていたし、文兄も信長のこと、誰より信頼してたと思う。まるで本当の兄弟のように」

「…………」

あの文也さんと信長さんが、本当の兄弟のように仲がよかった……？

まるで想像ができない。

「あたしたちのお父さんが死んでからだ。天女の羽衣とかいうのを巡って、本家と長浜との諍《いさか》いが激しくなって、信長はあからさまにあたしたちを敵視し始めた。でも、本当はずっと嫌いだったのかも。本家の人間は全員。きっと許嫁の、あたしのことも……」

「卯美ちゃん」

卯美ちゃんは語り終えると、「あーもー、ダル」と言ってゲーム機を投げ出し、簡易ベッドに身を投げ出した。そしてそのまま、

「寝る」

と言って、速攻で鼻提灯《はなちょうちん》を作って、本当に寝てしまった。

そんな卯美ちゃんの投げやりな態度を見て、私は少しだけ考えてしまった。

卯美ちゃんは、本当に信長さんのことが嫌いなのだろうか……と。

そして、どうして信長さんは、ガラリと態度を変えて本家の人々を敵視するようになったのだろうか、と。


「では六花さん。夕方、京都駅《ここ》で落ち合いましょう」

「はい。生徒会のお仕事、頑張ってくださいね」

私と文也さんは、そう言って京都駅で別れた。

文也さんは夏休みの間も何日か、生徒会の仕事をするために学校へ行く。

私も一週間のうち二日ほど、伏見の水無月の千鳥《ちどり》さんのもとを訪れ、水無月家のしきたりや礼儀作法、神通力の使い方や心得、また着物のことを学んだりしている。

午前のうちから家を出て、京都駅でちょっとした用事を済ませてから、文也さんは学校へ、私は伏見の水無月へと向かった。

京都駅から奈良線に乗り、二駅先の稲荷《いなり》駅で降りる。

もう何度かこの電車に乗って稲荷駅で降りたことがあるので、迷うことはない。

駅を出てすぐ目の前にある伏見稲荷大社の大きな鳥居を拝んで、お屋敷に向かう。

伏見の水無月は老舗《しにせ》の呉服屋を営んでおり、水無月の一族に伝わる月界の養蚕技術や機《はた》織《お》り技術を継承するのが役割だ。

私がお屋敷で着ている着物や、文也さんの袴や羽織《はおり》など、水無月家の人間にとって月界技術で作られた衣服は特別なのだという。

身に纏うととても軽く、それを纏っているだけで何事も上手くいきやすい。

身体に合わせて伸縮するし、雨に濡れてもすぐに乾く。

しかしそれは、天女の血を引き継ぐ者にしか効果がなく、他の人が月界技術で作られた着物を着ても、それはただの着物でしかない。

とても不思議な話だけれど、実際に私が着ても、着物なのに息苦しさなど微塵《みじん》もない。洋服以上に軽やかでいて動きやすく、暑くも寒くもない。

非常に心地よく日々を過ごせるので、家でも着物を纏うようにしている。今日のところは、文也さんに合わせて学校の制服を着てきたのだけれど。

あ、着物の人たち……

通りの向こうから、数人の着物の人々がこちらに向かって歩いてきているのが見えた。

京都にはそもそも、着物姿の人が多い。そういう文化が残っている土地だし、職業柄着物を着ている人も多いし、観光客も着物や浴衣を着ていたりする。

特に珍しい光景ではないので、私も普段通り歩いていたのだけれど……

すぐ横を、その人たちが通り過ぎた時だった。

私は自身に向けられる、密かでいて異様な視線を、感じたのだった。

「……六花様だ」

「……ああ、あれが六蔵《りくぞう》様の」

「……なんだ。普通の子じゃないか」

扇子で口元を隠しながら、ヒソヒソと話す大人たちの声。

彼らは私に聞こえていないと思っているのかもしれない。しかし、私の耳は彼らのヒソヒソ声をしっかり拾ってしまう。こうもはっきり聞き取ってしまうとあれば、彼らは水無月の人間に間違いないのだろう。

私は少ししてから、恐る恐る振り返る。

その者たちはもう姿を消していた。どこか、路地にでも入ったのだろうか。

「もしかして、分家の人たち……？」

知らない、会ったこともない大人たちだったけれど、彼らは私のことを知っていた。

その視線や、声からは、少し冷たいものを感じた。

まるで品定めでもするような……


「おやおやおや。おやおやおやおや。六花様ではありませんか」

今度は後ろから、肩にポンと手を置かれた。

不意だったのでビクッと肩を上げて、慌てて振り返る。

黒髪和服の青年が、すぐ近くに立って私を見下ろしていた。ついでに薄ら笑いを浮かべている。

「の、信長さん……っ」

この人の名前は水無月信長。

水無月家で最も大きな分家、長浜一門の若君だ。

文也さんより二つ年上の京大生で、黒い羽織が特徴的。

常に細められたその目には神通力が宿っており、私には時折、赤みがかって見えるのだ。

その瞳に見つめられると、どうしてか体が強張ってしまう。

「こ……こんにちは、信長さん」

挨拶しながらも、思わず後ずさった。

よくよく見ると信長さんの後ろには狐面《きつねめん》の青年が控えていた。あの日と同じように。

そう。あの日のことはよく覚えている。

伏見稲荷大社で、私はこの二人と出会った。信長さんと文也さんは顔を見合わせるや否や、お互いへの嫌悪感を隠すことなく、罵《ののし》り合《あ》い、啀《いが》み合《あ》っていた。

そもそも本家と分家は、遺産問題で揉めに揉めている。

特に長浜一門は天女降臨の聖地を守っていることから裏本家と呼ばれており、嵐山の本家を目の敵にしているという。

要するに、本家の文也さんをとにかく敵視しているのだ。文也さんの許嫁である私のことだって、きっと、あまりよくは思っていないのだろう。

私もまた、この人には苦手意識を抱いており、少し怖いと思っているのだった。

「そんな、怖がらないでくださいよ六花様。……傷つくなあ」

私がじわじわと後ずさるからか、信長さんが距離を詰めてくる。

しかしそんな信長さんの襟を掴んで引き戻したのが、背後に控えていた狐面の青年だった。

「いや普通に怖いでしょ。特に親しくもない、むしろ嫌悪感が勝る男が馴れ馴れしく近寄ってくるんだから」

「真理雄《まりお》、お前は黙ってろ」

「若の自業自得ですよ。六花様の表情が、若に対する好感度の低さを物語っています」

「………」

「堪忍です、六花様。うちの若のうざ絡みに付き合わせてしまって」

う、うざ絡み……

へりくだっているようで好き勝手言っているのは、水無月真理雄さん。

長浜の人間で、信長さんの付き人、だと思うのだけれど。

「若は女子高生と話したいだけで、六花様に危害を加えるつもりなど毛頭ございません。キモくて申し訳ありません」

「おい真理雄。お前は俺をどれだけ貶《おとし》めれば気が済むんだ？」

隣で深々と頭を下げる真理雄さんと、散々な言われようの信長さん。

前から思っていたのだけど、この二人の関係性が謎だな……

しかし真理雄さんのおかげで、私も少しばかり警戒心が解けたのだった。

「ごほん。六花様がここにおられるということは、これから伏見の総女将のもとに赴かれるのですかな」

信長さんが、改めて私に問う。

「は、はい。伏見の千鳥さんには、水無月のことを色々と教わっています」

「結構なことです。六花様は勤勉だなあ」

「は、はあ……」

「我々も、秋の総会に向けて準備の最中なのです。なんせ我が長浜一門は、一族最大規模を誇ります。何かと物入りでしてね」

「た、大変ですね……」

当《あ》たり障《さわ》りのないことを言って、この場を凌《しの》ごうとする私。

しかし信長さんは意味深な笑みを浮かべたまま、また一歩、私に近寄るのだった。

「分家の誰もが、早く六花様にお目にかかりたいと思っておりますよ。なにせあなたは、本家の麗しき輝夜姫《かぐやひめ》様なのだから」

輝夜姫。本家の女長子のことを、水無月家ではそう呼ぶ。

「若、六花様が戸惑っておいでです。こんな暑い日に外で引き止めて、長々と話す男なんてモテませんし」

「では六花様、どこか涼しいところでお茶でも」

「他人の許嫁をお茶に誘うなんて……」

「ええい、うるさい真理雄！　俺の邪魔をするな！」

後ろで何度となく茶茶を入れる真理雄さんに対し、いよいよブチギレる信長さん。

何だろう。二人の会話がコントみたいで面白い。

だからだろうか。私は今朝、卯美ちゃんと話したことを思い出していた。

「あの、信長さん……」

私が自分から名を呼んだからか、信長さんと真理雄さんが少し驚いていた。

「すみません。少し、聞いてもいいですか？」

「なんでしょう、なんでしょう六花様。何なりとお聞きください」

信長さんはやたらと嬉しそうだ。

「あの。どうして信長さんは、文也さんと……その、本家の方々と敵対しているのですか？」

「……………」

信長さんの表情が、一瞬で陰りを帯びた。

纏う空気もピンと張り詰め、私はますます怖くなったけれど、その問いかけをやめることはなかった。

「卯美ちゃんが言っていました。子どもの頃、文也さんと信長さんは本当の兄弟のように、とても仲がよかった、と。文也さんも、あなたのことを慕っていたって」

「……………」

どうしてそうなったのか。

何がきっかけだったのか。

それは卯美ちゃんにもはっきりとはわからないらしいが、信長さんが本家に敵対し始めたのは、文也さんたちのお父さんが亡くなった後からだという。

信長さんは懐からスッと扇子を取り出し、顔を扇いで飄々《ひょうひょう》と答えた。

「そうですなあ。まあ、俺たちが敵対しているのは、両親の代理戦争のようなところがあるかと存じます」

「両親の、代理戦争?」

「うちの父と、文也の父もまた、険悪な仲だったのです」

「え……?」

今の私には、イマイチ呑み込めない情報だった。

信長さんのお父さんはおろか、文也さんのお父さんのことも、私はあまり知らない。

しかしどうして、父親同士の確執が、息子たちに引き継がれているのだろうか。

「その……信長さんは文也さんのことがお嫌いなんですか?」

「それは、当然」

ピシャリ、と扇子を閉じ、それを口元に添える信長さん。

「本来は分家の身の上でありながら、当主の座に居座り、あなたまで手に入れようとするあの男は、水無月の誰もが妬《ねた》ましく思うでしょうよ」

そして信長さんは、やや意味深な笑みを浮かべ、私の顔を横から覗く。

「ところで六花様は、文也ごときでよいのですかな？　あなたは水無月におけるご自分の価値をご存知ない。もっと選べる立場の人間なのですよ？」

「いえ。私は文也さんが……その、えっと、大好き……ですし」

私は真っ赤になった顔を俯《うつむ》かせ、カバンの手提げ部分を弄りながら、もじもじして答える。本人には伝えられないのに、他人にはすぐ言えてしまうのが、何だかな。

「あっ、そうですか」

「大撃沈ですな、若。まあこの歳でウザいだけのあなたと、あの歳で包容力の権化のようなご当主では、勝負になりませんよ」

「黙れ真理雄。琵琶湖に沈めるぞ」

白《しら》けた顔をしている信長さんと、そんな信長さんの肩をポンと叩く真理雄さん。

信長さんはいつも誰かを琵琶湖に沈めたがる。脅し文句なのかな……

「あの。もう一つ、聞いてもいいですか？」

「どうぞ、どうぞ」

さっきより、明らかに適当な返事をする信長さん。

この人、本当にわかりやすいな。

「私、前に伏見稲荷大社であなたが文也さんに告げた言葉が気になっていたんです。あなたは文也さんに〝龍が目覚めるぞ〟と……言っていました」

「………」

あの時は、その言葉の意味がまるでわからなかった。

その言葉を聞いて、文也さんが酷く強張った理由も、わからなかった。

ミーンミーンと、セミの鳴き声が嫌に聞こえてくる。

信長さんと真理雄さんは、真顔で黙ったまま、私を見下ろしていた。

「あ、あの……」

「驚きました。あの時の耳打ちが、聞こえていたのですか？」

「はい」

「そういえば、六花様は耳がとてもよいのでしたね」

信長さんは私の真横にやってきて、

「では六花様。おそらく文也があなたに伝えたくない話を一つ、してあげましょう」

まるで秘密の話をするかのように、扇子で口元を隠しながら、私の耳元で囁いた。

「水無月家は、自身も手に負えないような〝凶悪な化け物〟をいくつか飼っています」

「化け物？」

「月界精霊というやつです」

その話は、以前、文也さんにも聞いたことがある。

水無月家は、天女が月よりもたらした多くの月界資源によって栄華を極めた。

しかし月より下りてきたのは無害なモノたちばかりではなく、この地球に祝福と、膨大な被害をもたらすことができる〝月界精霊〟というモノたちもいる。

それは月の世界でも、神に等しい力を持っていたという。

「それは、オオツノ様のような……存在ですか？」

「おや、すでにオオツノ様との遭遇を果たしておいでですか？　流石《さすが》は輝夜姫様だ」

「………」

「オオツノ様は滅多《めった》にお目にかかれないのですが、かなり穏やかな部類です。しかしオオツノ様以外にも、月界よりもたらされた高次元の存在というものが、いくつかいるのです。……凶悪な月界精霊というものが」

要するに、とても危険な存在だということだろうか。

「長浜が守る天女降臨の地、余呉《よご》湖にも一匹いるんです。龍のような姿をした月界精霊が」

「龍……」

私は、台風の日に月の洞で見た夢を思い出していた。

頭上を蛇行する、おとぎ話に出てくるような巨大な龍の夢。

龍が目覚めるぞ――

その言葉が、私の見た夢とも繋がる、意味のあることのように思えて仕方がない。

「静かの海のミクマリ様――」

信長さんが声音を低く保《たも》って囁いた。その名に、私は息を呑む。

「とにかく凶暴な怪物でしてね。やつのような存在がこの世で暴れ狂ってしまわないよう、我々ちっぽけな人間ができることとは何でしょうかね、六花様」

「……前に、文也さんが言っていました。月界精霊に対し、我々は要望を聞いて、機嫌をうかがうことしかできない、と」

「その通りです。我々は天女の末裔といえど、月界精霊の前では無力に等しい。しかし月のモノの管理は、平安の時代より帝《みかど》に命じられた水無月の義務であり、天命。月界精霊と交《か》わした盟約は、守られなければならない」

信長さんは淡々と語る。そこに喜びも悲しみもない。

「ミクマリ様の怒りをかわないため、水無月は定期的に〝生贄《いけにえ》〟を差し出す儀式を執り行うのです」

「……生贄……？」

「ええ。それはいったい何でしょうかね？　きっと今の六花様には想像もできないでしょう。これは水無月家の、最たる〝闇《やみ》〟ですから」

水無月家の、最たる闇……

私は何も答えられず、不穏な言葉の数々に、ただただ戸惑っている。

この時の私は、本当に何も知らなかった。

生贄の意味。

水無月家の最たる闇が、すぐそこまで迫っていたこと。

月界精霊との盟約が、水無月家にとって、どれほど重要なものだったのか――


「信長、やめろよ」


その時だった。

よく知る人の声が、私たちのヒソヒソ話を制止した。

「六花さんは兄貴の許嫁だぞ。ちょっかい出すなよ」

着崩した制服姿に、今時の外ハネの髪型。見覚えのある垢抜《あかぬ》けた風貌。

水無月家本家の次男、葉《よう》君だ。

「葉君……」

「おやおや、次男坊の登場だ」

信長さんは葉君の出現に対し、目を細めニンマリと笑う。

しかしその笑みすら、手に持つ扇子で隠してしまう。

扇子越しの、今の信長さんの表情を、私は想像できない。

「申し訳ありません、六花様。怖い話をして怯《おび》えさせてしまいましたか？」

「いえ」

私はふるふると首を振る。そして葉君に向き直る。

「違うの、葉君。私から信長さんに、話を聞いていたの」

「話を……？」

「ええ。少し気になることがあったから」

葉君は怪訝そうな表情だった。私も詳しい話はしなかったから、余計に。

「ではこの辺で、俺たちはお暇《いとま》いたします。近々、またお会いすることになると思いますがね。それでは失礼」

信長さんは一礼し、やはり顔を扇子で隠しつつ、クスクスと笑いながら私たちの横を通り過ぎていった。その際、葉君を鋭く一瞥《いちべつ》し、また顔を伏せていた。

なんだろう、今の表情。まるで葉君を挑発するかのような……

「……チッ」

葉君が珍しく舌打ちをした。

「よ、葉君？」

「なあ六花さん。あいつ、俺のこと何か言ってた？」

「え？　いえ……葉君のことは、何も」

「そっか」

何が気になったのだろう。

葉君は顔を上げて、前髪をかきあげながら、長いため息をついたのだった。

「あの。葉君はどうして伏見にいるのですか？　今日は部活では？」

「んー、顧問の先生の都合で、部活が午前中で終わったんだ。だからお祖母様のところに顔でも出そうかなーって。兄貴から、六花さんも行くって聞いてたし」

そして信長さんの去った方向を、静かに睨む。

「しっかし信長のやつ、何で伏見にいるんだか。前も兄貴と、稲荷大社で会ったんだろ？新しい着物でも仕立ててんのか？　もう十分持っているだろうに、ボンボンめ」

「葉君も、あまり信長さんと仲よくないんですか？」

「当たり前だろ。あいつウザいし、しつこいし嫌味ったらしいし。兄貴のことを散々馬鹿《ばか》にするくせに自分も大概なアホだしよ」

「…………」

「卯美があいつに嫁《とつ》いで泣かされないか、今からお兄ちゃんはヒヤヒヤしている訳ですよ」

「ふふっ。それはとても、お兄ちゃん、ですね」

「そうそう。俺って優しいお兄ちゃんだと思うんだよな～」

やっと、葉君らしい明るい口ぶりになってきた。愛嬌のある笑顔も健在だ。

さっきまで少し、調子がおかしく見えたから……

それにしても葉君は、兄の文也さんが馬鹿にされることを嫌がったり、妹の卯美ちゃんが心配だったりと、本当に兄妹《きょうだい》思いだ。

こうやって祖母の千鳥さんに会いに来たりと、マメなところもある。

本家のご兄弟は大変な境遇にあるけれど、何だかんだ仲がよく、いざという時にまとまりがあるのは、真ん中に立って心を配る、葉君のような存在があるからなのだろうな。


伏見の水無月のお屋敷は、長屋の大きな京町家だ。

人気の観光スポットである伏見稲荷大社の近くにあるので、一角では抹茶スイーツのカフェや、和柄の小物を売る雑貨屋を営んでいて、呉服以外の商売もしている。

表向きはお店なのだが、路地奥に進むと人々の住居に入る玄関があり、表通りの喧騒《けんそう》も遠ざかる。

四角くくり抜かれたような、玄関前の緑の庭。

顔を上げると、青空もまた、四角い。

情緒ある空間に浸りつつ、古い町家の玄関の戸を、葉君が何の断りもなく堂々と開けた。

「いらっしゃいませ、六花さん。あれ、葉君も一緒やなんて珍しいですねぇ」

皐太郎《こうたろう》さんが玄関で待っていて、私たちを迎え入れてくれた。

「こんにちは」

私はぺこりと頭を下げ、挨拶をする。

「俺は気まぐれで立ち寄ったんだよ」

葉君はポケットに手を突っ込んだまま飄々と答える。

「それは千鳥様もお喜びになりますよ〜。葉君かて、あの人のお孫さんなんですから」

今まで何度かお邪魔しているお家だが、玄関に漂う品のあるお香の香りにいつも緊張してしまう。しかし葉君は慣れた様子で、玄関で靴を脱いでひょいと上がる。

そりゃあそうだ。皐太郎さんの言う通り、ここは葉君にとってお祖母さんのお家なのだから。

「俺、上の部屋でダラダラしてるから。六花さん、終わったら一緒に帰ろう。兄貴と京都駅で待ち合わせてんだろ？」

「あ、はい。また後で」

葉君はニッと笑ってひらひらと手を振り、皐太郎さんに「何か飲むもんある？」などと聞いている。

私もまた、玄関から上がって靴を揃え、皐太郎さんに案内されながら千鳥さんの待つ部屋に通される。

「お待ちしておりました、六花様」

その部屋にいた千鳥さんは、私が来たのを確かめると、美しい所作で畳に三つ指をつき、深々とお辞儀をする。そして顔を上げて、上品に微笑んだ。

「それでは、六花様の花嫁修行を始めましょう」

第六話

水無月家の花嫁修行

私が学ばなければならないことは、とても多い。

十六歳になるまで水無月《みなづき》家とは無縁の人間であり、普通の家庭の子どもとして育ったからだ。和服の正しい着付け方、和室などでの礼儀作法は全く知らずにいたので、千鳥《ちどり》さんから手取り足取り、一から学んでいる。

水無月家のルールの一つに、一族の人間は基本的に和装をする、というのがある。

これは、伏見の水無月の方々からすると、とても重要なことだそうだ。

なにせ、伏見の水無月は月界の機織《はたお》り技術を継承しており、その技術で生み出した着物というのは、天女の血を引く人間にとって何より心地よい衣服だ。

もちろん、学校へ行く時は普通の制服を着るけれど、家で過ごす時や、商売をしている時、水無月の行事などでは、必ず身に着けるように言われる。和装せず、制服や洋服で出かける時には、銀蚕《ぎんかいこ》の絹糸で組んだ組紐《くみひも》や、ハンカチ、小物などを持つようにとも。

ああ、だから文也《ふみや》さんは、私に組紐をくれたのか。

「水無月家には定期的に行われる総会や、儀式などがございます。そういう時は、身に纏う着物にも決まりごとがあったりするのです」

千鳥さんはそういうしきたりを、一から教えてくれた。

きっと私が、今後関《かか》わっていくであろう水無月家の面々の前で、恥をかいたり馬鹿にされたりしないように。

一般的な着物のルールに加えて、水無月独自のルールがいくつかあったりする。

水無月家の女性は、一族の集まりなどでは〝月の意匠〟が施された羽織を纏う必要がある、などというものだ。

月の意匠、とは月界よりもたらされ伏見一門が継承し続ける、模様やデザインのこと。

これはきっと、水無月家の家宝でもある、天女の羽衣を意識したルールなんだろう。

千鳥さんは特別スパルタという訳ではないし、私に対し常に優しいけれど、水無月のことを知れば知るほど、名家の重荷というものを否応《いやおう》なしに感じてしまうのだった。


「お疲れ様でした、六花《りっか》様。それでは本日はこれまでとしましょう」

「は、はい……」

本日の、花嫁修行と称されるそれが終わった。

何より疲れるのは、神通力の修行だ。特にスタンダードな〝念動〟の修行。

これは本家でも毎日スプーン曲げをやって頑張っているけれど、やっぱり私に念動の才能はないのではないかと思われるほど、なかなか上手くいかない。

伏見のお家では、ボールを念動だけで浮かす練習や、遠くから念じただけで缶を倒す練習など、色々な道具を使っている。

しかしボールは地上を一センチ浮いたか浮かないかくらいで、皐太郎《こうたろう》さんに爆笑された し、缶は倒れるどころか小刻みに震えて横にずれていくだけだったので、これまた皐太郎さんに爆笑された。力むとなぜか頰が膨れてしまうし、それを見た千鳥さんは笑いを堪えていた。泣きたい……

だけど、めげてはいけない。私は頑張ると決めたのだ。

何より、修行後にいただくほうじ茶と、お茶菓子は美味しい。

今日のお茶菓子は、葛《くず》まんじゅうだ。丸くぷるぷるとした葛餅《くずもち》に餡《あん》が包み込まれた涼しげな和菓子で、笹《ささ》の葉をカップ状にして巻いていて夏らしい風情がある。

「六花さんお疲れ〜」

お茶の席には、葉《よう》君もいそいそとやってきた。

私、千鳥さん、皐太郎さん、葉君という、今まであまりなかった不思議な四人組だ。

「しかし六花様は本当に呑み込みが早いですね。この調子であれば秋の総会までに、基本的なことは身につけてしまいそうです」

「そ、そうですか？ よかった……」

いったいどれほどのことを覚え、身につけなければならないのかと思っていたので、千鳥さんに褒められてホッとする。

「しかし念動だけは、ダメダメです。もう少しコツを掴む必要がありそうですね」

「は、はい……」

しゅん、と縮こまる私。

皐太郎さんが「めっちゃ笑えましたけどねぇ」と。

「ですが心配はしておりません。六花様の場合、きっと持っている力が大きすぎて上手くコントロールできないだけなのでしょう。何かがきっかけで簡単に使いこなせるようになりますよ」

「水無月家の人でも、念動に力の差なんてあるのですか？」

「ありますとも。水無月の人間でも、念動の力が強い者、弱い者といます。スポーツが得意だったり、そうではなかったりするのと同じで、生まれ持った才能と、努力によって左右されます。ちなみに本家のご兄弟は皆、念動の力に恵まれている方です。もちろん上には上がいますけどね。あ、ちなみにわたくしは、あまり得意ではありません！」

千鳥さんははっきりきっぱり、堂々と述べる。

この力は、水無月の人間なら誰もが持っている力だと聞いていたから、皆が同じレベルで扱えるものかと思っていた。しかしやはり、人によって差はあるんだな。

それならやはり、私は、念動の才能がないんじゃないだろうか……

「勉強っていえばさ。六花さんって何食わぬ顔して、サラッと好成績とってくんだぜ。夏休み前の試験も、俺より順位よかったし。うちの高校、結構偏差値高いのに、転校してきたばかりでいつ勉強してたのって感じ」

葉君は葛まんじゅうを頬張りながら、この流れで夏休み前のテストの話題を切り出した。

すると皐太郎さんが「そりゃそうですよ！」と突っ込む。

「六花さんはご両親とも京大卒ですよ。地頭がええのは当然でしょう」

「皐太郎」

「あ、すみません、ほんとすみません」

両親、という言葉には毒を含むからか、皐太郎さんが千鳥さんに冷ややかに窘《たしな》められる。

皐太郎さんは口を真一文字にして、人差し指を添えた。

黙ります、を意味する皐太郎さんのわかりやすいジェスチャーだ。

「……いえ、お気になさらず」

私は苦笑した。両親が高学歴であることは知っていたし、その恩恵にあずかっている自覚もある。昔から、学校の勉強で苦労したことはあまりない。特別上を目指そうとはしないけれど、学校の試験勉強はそこそこして、そこそこの成績を取るタイプだ。

夏休み前の試験は、私が転校してすぐだったこともあり、夜な夜な必死に勉強したというのもある。

だけど、お勉強がこなせても、器用に生きられないのならあまり意味がない気もする。

お父さんは高学歴だったけれど、お金を稼いだりお仕事で出世したり、周囲の力を借りたりする、みたいなのは本当に苦手そうだった。そのせいで度々転職もしていた。六美《むつみ》の養育費を払っていたのもあるけれど、うちは万年貧乏だった。

その点、文也さんは伏見の水無月の商売気質《かたぎ》をしっかり引き継いでいるのか、色々と器用な気がする。生徒会の役員も引き受けて、学生のうちから人脈をしっかり作っているし……。

「ところで六花様。長浜の信長《のぶなが》とうちの前で鉢合わせしたというのは本当ですか？」

「え？　ええ。真理雄《まりお》さんとも」

千鳥さんは神妙な面持ちで、私は少し不安になる。

「信長たち、ここに用があった訳じゃないのか？　ばーちゃん、何か知らないの？」

「ごほん。ばーちゃんじゃありません、葉さん。お祖母《ばあ》様とお呼びなさい」

「はーい、お祖母様」

素直に返事をしてお祖母様と呼び直す葉君。文也さんにはお祖母様と呼ばれると怒るけれど、葉君からはお祖母様と呼ばれたいのだな、千鳥さんは。

「それでどうなの？」

「いえ。確かに長浜の連中がうちに色々と発注しているのは事実ですけれど、わたくしが相手をしている訳ではありませんので。しかし六花様に接触を図るとは、なんと図々《ずうずう》しい。何か言われたり、されたりしませんでしたか、六花様」

「い、いいえ。信長さんとは少しお話ししただけです。私も気になっていたことがあったので……」

「それ、さっきも言ってたけど、いったい何を聞いてたの？」

葉君が首を傾げながら私に問いかける。

言ってよいものかと迷ったけれど、私は素直に話してしまう。

「えっと。信長さんと文也さんは、どうして仲が悪いのか、とか……」

「………」

あれ。長い沈黙。みんな固まってる。

やっぱりこの話題は、タブーなんだろうか。

「わあー。そらまた、虎《とら》の尾《お》を踏むような質問ですねえ～」

皐太郎さん、爆笑。

やっぱりそうだったんだ。やっぱりそうだったんだ。

「その、信長さんは、両親の代理戦争だと言っていました。どういう意味だか、私にはよくわかりませんでしたが」

私がおろおろしていると、千鳥さんがお茶をすすり「そうですね」と言った。

「六花様には、そろそろ本家の子どもたちの両親について、お話をした方がいいかもしれません。あなたの父、六蔵《りくぞう》様とも関係のあるお話ですからね」

「お父さんとも？」

私はハッと顔を上げる。

そこで、父の名前が出てくるとは思わなかった。

「ええ。なにせ、文也さんの父と母は、六蔵様の幼馴染みでもありましたから。まずは両親についてお話ししましょうか」

千鳥さんは平然と語りつつ、グッと、湯呑みを持つ手に力が籠っているように見えた。

その話は千鳥さんにとっても、語る覚悟が必要だったのだろうか。

「本家の子どもたちの父は、名を水無月天也《てんや》といいました。わたくしの実の息子でもあります」

「…………」

「文也さんの面立ちは、どちらかというと天也に似ているでしょうね。誠実でしたたかで、要領のよい子でした。見た目に反して性格が男らしかったといいますか、責任感と度胸のある子でもありました。伏見の水無月の人間として、六蔵様の付き人のようなこともしていました。それでいて、天也は六蔵様の親友でもありました」

文也さんのお父さんと、私のお父さんが親友だったというのは初耳だった。

確か、霜門《しもん》さんもお父さんの幼馴染みだったはず……

「次に、母の話をしましょう。名を水無月照子《てるこ》といいました。あの霜門の妹でもあります。葉さんは、どちらかというと照子に似ていますね」

「あはは、そうかも」

葉君は笑う。

ちなみに卯美《うみ》ちゃんは、ご両親に少しずつ似ているらしい。

「霜門と照子はもともと天川《てんかわ》一門出身で、水無月の中でも目立つ存在でした。宿った神通力も特殊で、何より容姿が際立って美しい兄妹でしたから。特に照子は名前の通り明るい性格で、水無月の年頃の男たちは皆、照子に惚れていたのではないかと言われるほど。それほどに、魅力的な娘でした」

それが、文也さんたちのお母さん。

イメージしてみる。どんなに素敵な人だったのか。

「しかし照子に惚れなかった男が一人だけいました。誰だかおわかりですか?」

「……? いえ」

唐突な質問だし、そんな人物などいないと思っていたのだが、

「あなたの父、六蔵様です」

すぐにやってきた解答に、私はジワリと目を見開く。

そして少しずつ、少しずつ、話が繋がっていくのを感じていた。

「照子はその特殊な神通力を見込まれ、幼い頃に、本家に嫁ぐことが決まった娘でした。天川から伏見に門下を移し、私のもとで花嫁修行もこなしておりました。しかしその相手である六蔵様は、照子に少しも惹かれなかったのです」

「要するに、文也さんたちのお母さん……照子さんは、私の父の許嫁だったのですか？」

「そういうことです。六蔵様が外の娘と恋をしたことで裏切られた許嫁というのが、まさに照子だったのです」

「………」

「六蔵様が本家を出ていったことで、その責任を取り本家の養子になったのが、天也。そして六蔵様に捨てられたことで天也に嫁入りすることになったのが、照子。そういうことなのです、六花様」

私はただただ唖然とし、言葉を失っていた。

だけど、ああ、なるほどと思ったりする。

繋がっていく。親世代から続く、私たちの関係——物語が。

「ちょ、ばーちゃん、もうちょっとオブラートに包むとかさあ」

「ばーちゃんじゃありません、お祖母様とお呼びなさい葉さん！」

「あ、はい。お祖母様」

千鳥さんは間髪容《い》れずに葉君を叱った後、すぐに私に声をかけた。

「もちろん、あなた様を責めているのではありませんよ、六花様」

「はい。わかっています。大丈夫です。本当のことを教えてください」

私はさっきからずっと、私と文也さんの親世代の事情を、頭と心で整理していた。意外と冷静な自分に、自分でも驚いている。

私が知らなかった因縁《いんねん》が紐解《ひもと》かれていく。

「私、もっと知りたいです。文也さんや葉君、卯美ちゃんのご両親のこと」

スッと顔を上げ、千鳥さんにそう告げた。

たとえ、何もかもが、私の父の身勝手な行動の結果だとしても。

私はそれを知らなければならないと思う。

私の表情を見て、千鳥さんは少し驚いた顔をしていた。

「六花様は随分と、自分のお気持ちに正直になられました。大変よいことです」

そして千鳥さんは目を細める。

私の覚悟を受け止めた、とでもいうように。

「結果から申し上げますと、天也と照子の関係は上手くいきました。本家の重圧に耐えながらも、地道にお互いの信頼と愛情を積み上げ、三人の子宝に恵まれ、よい家庭を築いたのです。天也はよい父でしたし、照子はよい母でした」

「……はい」

本家の三人を見ていると、それはよくわかる。

大変なことは多々あっても、両親に深く愛されて育った子どもたちなのだ、と。

「しかし、せっかく手に入れた幸せも、そう長くは続きませんでした。天也が、ある事故で命を落としたのです」

「事故……？」

しかし、千鳥さんは事故の内容は詳しく教えてくれなかった。

「照子は天也を失った悲しみで、今も心身を病んでいます。それほどに天也を愛していたのです。六蔵様に捨てられた傷を、真心と愛情で癒やした天也を……」

千鳥さんはそこまで語り、少しだけ目を潤《うる》ませていた。

天也さんと照子さんは、私の両親とはまるで真逆だ。

燃えるような恋をして、何もかもを捨てて駆け落ちした私の両親。二人は結局、我が子である私という存在を巡って関係が上手くいかなくなり離婚した。

かたや、天也さんと照子さんは、私の父の後始末をさせられる形で政略結婚したのに、お互いに信頼関係を築き、愛し合い、愛情深く子どもを育てた。

運命とは奇想天外だ。

父が水無月家を飛び出したことで、今の文也さんや葉君、卯美ちゃんが存在している。

私という存在がある。

そして、私と文也さんが〝許嫁〟となる運命に繋がったのだ。

「で、結局、信長の言う両親の代理戦争って何なんだよ。俺もそのこと、知らないんだけど？」

葉君も、この話題が気になってきたようだ。

千鳥さんは、僅かに視線を逸らした。

「それは、分家の人間である天也が本家の養子となったことで、長浜の水無月がいっそう、本家に反発するようになったという話でしょう。本家とは最も天女の血が色濃く、あらゆる権利を持っていてこそ、水無月の頂点に君臨する存在でした。しかしそれがなくなったとあれば、もはや他の分家と何も変わらない訳ですから……」

それは以前、文也さんも言っていた。

ただ、わからないこともある。

文也さんと信長さんの仲が悪くなったのは、文也さんのお父さんが亡くなった後からだと卯美ちゃんに聞いていた。

それまで仲がよかったのなら、長浜と本家の確執は、二人の関係に直接影響を与えている訳ではないのではないだろうか。

他に何か、もっと明確なきっかけがあるのでは……

しかしその日は、文也さんのご両親の事情を知っただけで胸がいっぱいであり、それ以上を追求することはできなかった。

伏見の水無月を後にし、私と葉君は京都駅へと向かった。

「あ、兄貴だ」

京都駅の中央コンコースでは、文也さんがすでに待っていた。

しかし何やら妙な動きをしている。物陰《ものかげ》に隠れ、何かの様子をうかがっているように見えるのだ。

「兄貴、どしたん？」

「しっ、静かにしろ。葉」

葉君が声をかけても、文也さんは真剣な眼差しでどこかを、何かを見ている。

私たちも文也さんの視線を追う。

するとそこには……

「あ、卯美ちゃん」

なんと、この京都駅に卯美ちゃんの姿があった。

卯美ちゃんは夏らしいギンガムチェックのワンピースを着て、ひまわりの花束を抱えている。驚いたことに、いつも鳥の巣のようにうねっている髪が綺麗に整えられ、柔らかなウェーブヘアーになっていた。

あんな風に、身綺麗にした卯美ちゃんは初めて見たかもしれない。

「あれ？　どうして引きこもりの卯美が家から出てんだ？　しかもそれなりにおしゃれしてさ。天変地異の前触れか？　台風はもうこりごりだぞ」

と、兄の葉君は不可解な顔をしている。

「そんな。卯美ちゃんもお出かけすることくらいあるのでは？　お友だちと遊ぶとか」

私は慌てて卯美ちゃんをフォローする。私だって台風はもうこりごりだ。

「まさか男か⁉　彼氏なのか⁉」

葉君、いつも卯美ちゃんのことからかってばかりいるのに、いざそういう話になると、お兄ちゃんらしい反応をしてみせる。妹のこと、やっぱり可愛いんだなあ……

しかし文也さんは「いえ」ときっぱり否定した。

「彼氏かどうかはさておき、卯美は友人と遊ぶことはあっても、あのようにおしゃれすることは滅多にありません。まあどこへ行くのかは見当がつくのですが……」

文也さんは顎に手を添えて、小さく唸る。

何か、心配なことがあるのだろうか。

「うーん、やはり少し心配です。僕は卯美を追いかけるので、二人は本家へ戻っていてください」

「えぇーっ、兄貴だけ尾行とかズルい！」

葉君は納得しなかった。

文也さんに「声がでかい」と注意されながらも、葉君は訴える。

「俺たちも卯美を追いかけてーよ！　やっぱ彼氏かもしれないし。ねえ、六花さんも気になるでしょ？」

「え、あ……」

葉君に巻き込まれつつ、私は今一度、卯美ちゃんの様子を確かめた。

確かに、文也さんが心配になるのも頷けるほど、卯美ちゃんが卯美ちゃんらしくない表情でいる。何というか、とても儚げに見える。

私たちがこんなに近くで見ているのに、それに気がつかないほどぼんやりとしていると いうか。いつも通りの卯美ちゃんだったら、私たちの視線に目ざとく気がつきそうだもの。

ただ、ああしていると、本当に類《たぐ》い稀《まれ》な美少女だ。

周囲の人たちも、卯美ちゃんが横切るとその美少女っぷりに驚いて二度見しているほど。

あれだけ可愛いと嫌でも目立ってしまうし、やはり一人で遠出させるのは、お兄さんたちからすると心配で仕方がないのかもしれない。

「文也さん、あの。私たちもついていってよいですか？」

　文也さんに、私からもお願いしてみる。

「ですが六花さん。お祖母様のスパルタ修行のあとで、疲れていませんか？　念動の修行もされたのでしょう？」

　文也さんはどうやら、私の体力面を心配してくれているみたいだ。

　なので私は、笑顔で答えた。

「お茶とお菓子をいただいたので、もう元気です」

「いやいや、お茶とお菓子じゃ、お祖母様のスパルタ花嫁修行の疲れは癒《い》えないでしょ。お祖母様は六花さんにとって〝義祖母〟な訳だし、緊張するだろうし」

「そんな、千鳥さんとても優しいですよ」

「六花さん、そういうとこタフだな～」

　葉君に即座につっこまれたけれど、私はむしろ義祖母という単語にハッとさせられていた。結婚相手の祖母という意味だろうけど、なんだかそういう呼び方があると、千鳥さんが家族の一員に感じられて嬉しい、というか。

　文也さんは、私たちのこの会話を聞いて、何か思うところがあったようだった。

「そうですね。もしかしたら卯美にとっても、六花さんがいてくれた方がいいのかもしれ

ません。卯美は実兄である僕たちより〝義姉《ぎし》〟の六花さんの方が素直になれるようです
し、甘えたがる傾向にありますから」
「はっ。義姉」
なぜか背筋がしゃんと伸びる。またまた、家族の一員っぽい呼び方だ。
そっか、私、卯美ちゃんのお義姉《ねえ》さんなんだ。
だったら文也さんや葉君と同じように、義妹《ぎまい》の卯美ちゃんを心配してもいいよね……
そうして私と文也さんと葉君は、卯美ちゃんを尾行することになったのだった。

地下鉄を乗り継ぎ、降りたのは出町柳《でまちやなぎ》駅。

私はこの辺まで来たことがなかったので、鴨川《かもがわ》のあるのどかな景色には少し驚かされた。

鴨川沿いの、柳の枝が揺れている。

卯美ちゃんがいつの間にか遠くにいて、見失ってしまうのではと焦ったけれど、ここまで来ると文也さんや葉君には、卯美ちゃんがどこへ行くのか見当がついているようだ。

卯美ちゃんとの距離ができても慌てず、迷いない足取りでついていく。

「……病院？」

有名な下鴨神社《しもがもじんじゃ》にほど近い、糺《ただす》の森《もり》に接する静かな場所に、白い建物の綺麗な病院があった。

卯美ちゃんがそこへ入っていくのを確認した後、文也さんと葉君は、なんとも言えない表情のまま、同じ病院に入る。私もついていく。

文也さんが受付の女性に目配せしただけで、すんなり入ることができたので驚いた。

「ここ、水無月の病院なんだよ」

「えっ、そうなんですか……」

「ええ。ここは、奈良にある天川の水無月が運営している病院です。天川一門は医療従事者が多いのが特徴ですので」

葉君と文也さんが私に教えてくれた。

天川の水無月——水無月家の、五つある分家の一つだ。

それなら確かに、ご当主である文也さんはすんなり入ることができるだろう。

でも、それだけじゃない。この病院にはきっと、彼らにとって大切な人がいる。

私はもう、ここに誰がいるのか察しがついていた。


とある病室の扉を、文也さんはゆっくりと開ける。

そこにはやはり卯美ちゃんがいた。

彼女は抱えていたひまわりの花を、すでに花瓶に活《い》けていて、それを病室の窓際に飾っている。

私たちが来ても、彼女は振り返ることもなく、ただこの病室にいる患者の側の椅子《いす》に座っていた。

ふわふわと、開け放たれた病室の窓のカーテンが揺れている。

卯美ちゃんの背中は、いつも以上に小さく、そして寂しげに見えた。

文也さんが卯美ちゃんの肩に手を置いて「卯美」と声をかけた。

卯美ちゃんは振り返ることはなく、呟いた。

「お母さんのお見舞いに来ただけだよ」

「わかっている。別に誰も、咎《とが》めたりしない」

その人は、ベッドに横たわっていた。

瞼を閉じたまま、物言わぬまま、陶器のような青白い顔をして眠っている。

それでも一目見ただけで圧倒される、類い稀な美貌《びぼう》の女性。

「そうだよ、六花さん。この人が俺たちのお母さん。もうずっと、眠り姫のままだ」

葉君が寂しげな声で告げた。私も、薄々勘付いていた。
ここで眠るのは本家のご兄弟の、お母さん――水無月照子さんだった。

第七話　みたらし祭の片隅で

この病室のベッドに、安らかな寝顔で横たわっている小柄《こがら》な美女。

眠り姫というのは、まさしくその通りだと思った。

眠っていても、その美しさは息を呑むほどで……

「水無月照子《みなづきてるこ》。僕たちの母です。父が他界した一年後に、このような深い眠りにつきました。彼女は〝夢幻病《むげんびょう》〟に冒されてしまったのです」

「夢幻病……？」

「ええ。六花《りっか》さんもご存知の〝月帰病〟と並ぶ、水無月家特有の病の一つです」

文也《ふみや》さんは照子さんの前髪を撫でた。

彼女の額には、二重の丸が描かれたような、不思議な痣《あざ》が浮かんでいる。

夢幻病――

それは水無月家でも、女性にしか発症しない病だという。

深い眠りについたまま、目覚めなくなってしまうのだ。

そして、その病にかかった者は、額に二重の丸の痣が浮かび上がる。

これ、どこかでよく見る模様だと思っていたら……

「この模様は、水無月家の家紋の由来となっており、我々は〝重ね月〟と呼んでいます」

文也さんが教えてくれた。そうだ。水無月家の家紋だ。

まるでそれは、満月に光の輪がかかっているかのよう。

「夢幻病は月帰病と違って、前触れもなく突然襲い来る病です。別名を〝恋煩いの病〟。恋に破れた女性、愛する者を失った女性に、多く発症する病だといわれているからです。この病によって眠りについた者は、幸せな夢を見ているといいます」

「夢を……？」

「ええ。なので苦しいことは一つもありません。ただ、目覚めないのです」

文也さんは淡々と説明しつつも、悲しい声をしていた。

少なくとも、私にはそう聞こえた。

「母は……きっと、父のいない世界に耐えられなくなったのだと思います」

「…………」

胸が、ぎゅっと締め付けられた。

悲しいとか、かわいそうだという感情以上に、衝撃的だった。

千鳥《ちどり》さんから彼らのご両親について、話を聞いたばかりだったというのもあるだろう。

私の父が本家を出たことによって政略結婚させられたのが、ここで眠る照子さんと今は亡き天也《てんや》さん。

だけど……恋はできる。

たとえ政略結婚であっても、夫を失った悲しみに耐えられなくなるほど、その人を愛することはできるのだ。その事実が私の胸に、痛く響いた。

「目覚めることは、ないのですか？」

私は声を震わせながら、問う。

「夢から覚めた者の記録はあります。しかし、本人が目覚めたいと思わない限り、この病を克服する術《すべ》がないらしいのです」

文也さんは、密かにグッと拳を握りしめた。

「夢の世界の方が、現実よりずっと居心地がよい、ということなのでしょう」

その一言で、卯美《うみ》ちゃんが堪えきれずに泣いてしまった。

そんな卯美ちゃんの頭を葉君《ようくん》がそっと撫でている。

「あたし、お母さんに会いたい」

いつもの勝気な卯美ちゃんとは違う。

それは、母を求める一人の女の子の、切実な願いだった。

「お母さんはどうして夢の世界に行ってしまったのかな。呼びかけても、全然目覚めてくれない。夢の世界から帰ってきてくれないんだ」

「卯美……」

「ねえ。お母さんの神通力があれば、たとえ眠っていてもあたしたちの呼び声に応《こた》えられるはずでしょ？　お母さんにとって、この世界はそんなに辛いの？」

「………」

「まだ、あたしたちがいるのに。ここにいるのに……っ」

葛藤を言葉にして吐き出す妹に、二人の兄が寄り添う。

その三人の背中を見て、私は思い知る。

話で聞いた以上の事情は知らなくても、伝わってくる。

今まで知らなかった、本家のご兄弟の心の傷。寂しさ。

父が事故で亡くなり、母が眠ったまま目覚めない。絶対的な味方である両親が次々にいなくなり、それでも本家の子どもたちとして、気丈に生きてきたのだ。

「すみません、六花さん。驚かせてしまいましたね」

文也さんが振り返り、後ろで大人しくしていた私に声をかけた。

私はふるふると首を振る。

「……いえ。照子さんにお会いできて、よかったです。ちょうど千鳥さんから、皆さんのご両親の話を伺ったばかりでしたから」

「そうでしたか」

文也さんは小さく微笑み、私を隣に呼ぶ。

そして自らの母に、私のことを紹介した。

「お母さん。六花さんです。六蔵《りくぞう》さんのご息女で、僕の許嫁です」

「……初めまして。水無月六花と申します」

私も名乗る。だけどそれ以上、何も言えずにいた。

眠っている照子さんからは、当然何の反応もない。だけど、たとえ目覚めていたとして、照子さんは私の存在をどう感じるだろう。

自分を裏切った男と、婚約者を奪った女の間に生まれた、私を……

複雑な感情を私の表情から感じ取ったのか、文也さんは皆にこう言った。

「そろそろ病棟の面会時間が終わる。帰ろう。ほら、卯美」

「……うん」

卯美ちゃんは心の内側を、眠る母や兄たちの前で吐き出せたからか、素直に立ち上がった。そして最初に病室を出る。

私も続いて病室を出ようとした。その時だった。


……六花さん。


誰かに呼ばれた気がして、振り返る。

しかし病室には、当然だけど眠りについた照子さん以外はいない。

ふわふわと、窓のカーテンが夏の風に吹かれて揺れているだけだ。

私がキョロキョロしていると、

「六花さん。どうかしましたか？」

側にいた文也さんが不思議そうにしていた。

「いえ……」

そっと、自分の耳に触れる。

私の耳は、あらゆる者の声を聞く。


……六花さん。またいらしてね。


まただ。

気のせいではないとわかっていたけれど、この時はそれを文也さんにも伝えることができず、病室を出たのだった。


「卯美、泣き止《なや》んだか」

「は？　とっくに泣き止んでるけど」

「嘘つけ。鼻水垂れてんぞ」

「うるさい葉兄。鼻水つけてやる」

と言って葉君のシャツの裾《すそ》で思い切り鼻をかむ卯美ちゃん。有言実行だ。

「ぎゃーやめろぉおおっ」

葉君は本気の悲鳴を上げて、それが下鴨神社を囲む糺の森の中をこだましていた。

ここへ来る時は卯美ちゃんを追いかけるのに必死であまり意識していなかったが、森の木々は高く、夏でも神域独特の清涼な空気に満ちている。

そんな中、観光客や地元の人々、多くが森の道を行き交っている。

浴衣《ゆかた》姿の人も多く、賑わっているのだった。

「ああ、そうか。ちょうどみたらし祭の時期ですね」

文也さんが、この雰囲気を見て何かピンときたようだった。

「みたらし祭ですか？」

「ええ。下鴨神社の夏の風物詩です。参拝客が多いのもそのせいでしょう。せっかくですので、行ってみますか？」

「あ、行く行く！ 御手洗池《みたらしいけ》に足をつけるやつでしょ？ そのあと、みたらし団子食べる～っ！」

卯美ちゃんが乗り気だ。さっきまで泣いていたのに、パッと表情が華やいで、足取りも軽快になる。

そんな卯美ちゃんを見て、文也さんは少しだけ安堵したようだった。

みたらし祭。

それは、無病息災を祈る下鴨神社の足つけ神事である。

土用の丑《うし》の日の前後五日間にわたって催される、京都の夏の風物詩の一つだ。

受付で貰ったロウソクを持ち、境内《けいだい》にある御手洗池に裸足《はだし》で入る。男子組はズボンを膝まで捲《まく》り、女子組は靴下を脱いで、濡れないようにして。

「ひゃっ」

水が冷たい。思いのほか水が冷たい。

足から上りくる涼はこの真夏に気持ちよいが、思わず変な声が出てしまった。

「六花ちゃんこけないでよね。水に濡れたら制服のシャツ透けちゃうよ。兄貴たちの目のやり場がなくなるよ」

「こ、こけません……っ」

卯美ちゃんがケラケラ笑って言うことに、文也さんも葉君も聞こえていないフリをしていたけれど。

「冷たーい、気持ちぃー」

「わっ、やめろお前。俺に向かって水を蹴るな」

卯美ちゃん、とても楽しそう。葉君が早くも卯美ちゃんの攻撃によって水びたしになっている。

京都駅で見かけた時からずっと元気がなさそうで、さっきまでメソメソ泣いていたのに、もうすっかりいつもの卯美ちゃんだ。よかった。

「大丈夫ですか、六花さん。ゆっくりでいいですよ」

「は、はい」

文也さんが私に手を貸してくれて、私はそれをがっちり摑んで、前へと進む。周囲を見渡すと、そういう男女はたくさんいる。

私と文也さんも、普通の学生カップルと思われていたりするのかな……

灯明台にロウソクを灯《とも》し、参拝をして、御手洗池から上がる。

ちょうどお稽古《けいこ》で持っていっていたタオルがあったので、それでみんな足を拭く。

驚いたことに、さっきまで暑くて仕方がなかったのに、足を冷やすだけで体全体がひんやりとして、とても涼しい。

心地よい感覚に、すっかり驚かされていた。

「あー、楽しかった。そしてお腹空いた」

「みたらし団子食いに行こうぜ」

「みたらし！　みたらし！」

切り替えの早い卯美ちゃんと葉君は、みたらし団子が食べたくて仕方がないようだ。

みたらし団子は、ここ下鴨神社のみたらし祭が発祥とのこと。

という訳で、私たちは下鴨神社のすぐ近くにある、みたらし団子発祥のお店〝加茂《かも》みたらし茶屋〟へと向かう。この時期は特にお客が多いとのことで行列も覚悟していたが、運よくすぐにお店に入ることができた。

各々が、一皿ずつみたらし団子を頼む。卯美ちゃんだけは、追加でクリームグリーンティーも頼んでいた。

店内には、甘じょっぱいみたらしの香りが充満している。

運ばれてきたみたらし団子は、一皿に二本。よく知るみたらし団子と違って一粒一粒が小さめで、串《くし》に五粒刺さっているのが特徴的だ。

まだ温かく柔らかいみたらし団子。表面を炙《あぶ》ってあって、とても香ばしい。

先の団子に爪楊枝《つまようじ》が刺さっていて、一粒一粒をこの爪楊枝で取って食べるみたいだ。

たっぷりかかった温かなみたらしの蜜《みつ》は、甘辛くも京都らしい上品さがあり優しい味。

「わあ。出来立ては柔らかくて、美味しいですね。二本なんてあっという間に食べてしまいそうです」

と私が思わず感想を零すと、葉君が「そうそう」と頷いた。

「小腹を満たすのにちょうどいいんだよな～」

「あたし足りない。もう一皿頼む」

卯美ちゃんはペロッと食べてしまって、追加の注文。

「あんまり食うと夕飯が食えなくなるぞ、卯美。今日は弁当を頼んでいるのに……」

そう言いつつも、文也さんは、今日ばかりは卯美ちゃんのわがままを受け入れている表情だった。

こんな風に、兄弟で心のケアをしながら、ずっと支え合ってきたのだろうな。

私はまだ、彼らについて知らないことだらけだ。


その日の夜、私は翌日の料理の仕込みを終えた後、練習用のスプーンを持って居間の縁側に座っていた。

二十一時を過ぎると、水無月家の各々は自分の部屋で、自分の時間を過ごしている。勉強をしたり、趣味に没頭したり、早々に寝たり。

私はこそこそとスプーン曲げの特訓をしている。

わざわざ月の見える、開け放たれた縁側でやっているのは、最も成功率が高いからだ。

月光の降りしきる夜は、水無月の念動力が安定し、精度が最も上がると文也さんは言っていた。

しかしどんなに力んでみても、自分の頬が風船のごとく膨れていくだけで、目の前に掲げるスプーンはピクともしない。

力んでいる間は呼吸を忘れていたせいでゼーハーゼーハーと息を荒らげている。

何やってるんだろう、自分。

「お嬢ちゃん、精がでるね」

「し、霜門《しもん》さん」

縁側の奥から、煌《きら》めく黄緑色の瞳が浮かび上がる。

そして、ぬるっと三毛猫が現れた。

私のダメダメっぷりを見られていたかと思うと、かなり恥ずかしい。

「しかし力むだけじゃあダメだぜ。集中してるようでしてねえだろ、お嬢ちゃん」

「は、はい。おっしゃる通りで……」

「伏見に行ったらしいが何かあったのかい。千鳥のばーさんにしばかれたか？　あの曲者《くせもの》ババアが義祖母なんて、ほんと、気の毒だぜ」

「いえ。千鳥さんはとても優しいですよ。私には甘すぎるくらいで……」

そう言うと、なぜか面白くなさそうな顔をする三毛猫の霜門さん。

今もまだ、この可愛らしい三毛猫からおじさんの声がしてくるのが不思議だ。

ただ、この姿だからかもしれないけれど、霜門さんは意外と話しやすい。

程よく他人事のような語り方をするからかもしれない。

「今日、下鴨神社の隣にある病院に行ってきました。文也さんや葉君、卯美ちゃんのお母さんに、会ったんです」

「ああ、そういうことかい」

霜門さんはその場でダラリと伏せて、猫の目を細める。

「照子のやつは美人だったろ。何せ、俺の妹だからな」

「……はい。とても美しい人でした」

そしてもう一つ、付け加える。

「お父さんが、どうして照子さんを裏切ったのか、わからないです」

霜門さんは片耳をピンと立てて、チラリと私を見上げた。

「お嬢ちゃんが気にすることじゃねーよ。あんたの母親だって、いい女だったしな」

水無月の人間で、お母さんを「いい女」なんて言う人を初めて見たので、驚いた。

「霜門さんは、お母さんを知っているんですか？」

「もちろんだ。俺だって同じ大学だった。天也……文也の父もそうだ。六蔵が片瀬《かたせ》に惹かれていく様を、俺たちはずっと側で見ていたんだからな」

片瀬。母のことだ。

「お嬢ちゃんは、六蔵よりも片瀬に似ているよな。褒め言葉かわからねーが」

「……はい。だからお母さんは、私があまり好きじゃなかったんだと思います。自分の生き写しのようで」

「でも性格は真逆だぜ。片瀬は気が強かったし、男相手にも物言いがはっきりしていた。プレゼンも討論会も負けなしって感じの、デキる女だった。六蔵は片瀬のそういうところが好きだったんだろう」

「………………」

「水無月じゃ片瀬は散々な言われようだが、学生時代のあいつは、そりゃ六蔵が恋をするのも無理ないくらい、しっかり自立した頭のいい女だったんだぜ。六蔵に外の世界の自由を教えた女だ。水無月に関わったせいで歪んじまったらしいがな」

「……はい」

私はお母さんの怒った顔や、私を煩わしく思っている声、言葉ばかりを覚えているけれど、あのお父さんが好きになった人が、最初からああだったとは思っていない。

きっと、霜門さんの言う通りなのだろう。

お母さんはもともとても素敵な人だったけれど、水無月に関わったから、水無月の力を引き継ぐ私が生まれたから、お母さんは変わってしまったのだ。

「それはそうと、お嬢ちゃん。スプーン見てみな」

「え?」

膝の上で、力強く握りしめていたスプーン。

霜門さんに言われた通り見てみると、

「嘘。曲がってる……」

いつの間にか、グニャリと歪《いびつ》な形で捻《ね》じ曲《ま》がっていた。

私、念動を使った覚えはないのに。

「何びびってんだよ、お嬢ちゃん。念動ってのは思念の力だ。当然、スプーンだって捻じ曲がる」

「あの。ちょっと、意味がわかりません……」

「今まで、どういうタイミングで念動を使えたのか、思い出してみるといいぜ」

そう言われて、思い出したのは今月の頭の出来事だ。

「念動を初めて使ったのは、お母さんが……この家に来た時でした」

「その話は聞いてるぜ。片瀬のやつ、遺産目的でこの家に来たんだろ? それでお嬢ちゃんが念動を使って追っ払った、と」

「ち、ちょっと話が違う気もしますけれど……概《おおむ》ねそうかもしれません」

「ははっ。お前さんの動揺が、念動の力を引き出したんだ。要するにそういうことだぜ。強い心の揺れ動きが、念動には必要なんだ」

「……強い心の……揺れ動き……」

私は改めて、捻じ曲がったスプーンを見つめた。

「でも、文也さんたちはごく普通の状態で使えますよ。それこそ、とても冷静に」

「水無月家で生まれ育っていれば、幼子《おさなご》が言葉を覚えたり、歩いたり、箸で飯を食えるようになったりするのと同じように、念動を使いこなせるようになる。それこそ生きる上で必要なことを学ぶ過程で、な。これを使えるということが水無月じゃ当たり前だからだ」

霜門さんは適当そうな口ぶりだったが、存外わかりやすく、丁寧に私に教えてくれる。

「だけど、お嬢ちゃんの場合はそうじゃない。念動なんてもんが当たり前に存在する場所にいなかった。六蔵だって教えようとしなかっただろう？　だから、今お嬢ちゃんに必要なのは、意識せずとも念動を発動できる状況を作るってことだ」

「状況を？」

「何かこう、強く心が揺れ動いた時に、思いのまま念動の力を爆発させてみるといいかもしれないな。冷静に念動を使えるようになるのは、その後の話なんだろうよ」

「ば、爆発……」

私は今一度、捻じ曲がったスプーンを見た。

念動の力を爆発させる状況が、この先どういった形で訪れるだろうか……と考えながら。

「……霜門さんは、意外と親身になってくれるのですね」

私は、隣の三毛猫を見下ろして、クスッと笑う。

霜門さんがここへ連れてこられた状況が状況だっただけに、もっと、粗暴でいい加減な人かと思っていた。

だけどこうやって二人きりで話をすると、やっぱり大人で、落ち着いている。

「ふん。まあ、お嬢ちゃんは六蔵の忘れ形見だしな。文也や葉や卯美だって、天也と照子の忘れ形見だ。こう見えて伯父さんは、親友や妹の子どもが気がかりなのデス」

「ふふふっ」

なぜか最後だけ敬語だった霜門さん。それが面白くて、また笑ってしまった。

あの千鳥さんが、霜門さんを絶対的な味方だと判断し、本家に寄越した理由が少しだけわかった気がする。文也さんが霜門さんを、味方であることは間違いないと言った理由も。

私たちを見守る理由が、この人にはあるのだ。

人間の姿にはいまだお目にかかったことがないけれど、私は何だか、霜門さんのことは信じてもいい気がしていた。

「あの、霜門さん……」

だから私は、文也さんにも言えなかったことを、霜門さんに告げる。

「今日、照子さんの病室で、不思議な声を聞いたんです」

「は？　声？」

「六花さん、またいらしてね……と。囁くような女性の声でした」

三毛猫は黄緑色の目を丸くさせ、静かに体を持ち上げた。

「お嬢ちゃん……まさか、そりゃあ」

「私の考えが正しければ、きっとあの声は、照子さんの声だったと思うのです」

「………」

霜門さんは耳をピンと立て、口を半開きにしてしばらく黙っていた。驚いていたのだと思う。

「なるほど。確かにそれは照子の声だろう。照子の神通力は〝伝心《でんしん》〟というやつだからな」

「伝心？」

「以心伝心って言葉があるだろう。要するに、自分の心の声を相手に伝えられる神通力だ。テレパシストってやつさ」

「テレパシスト……」

そう言われると、何となくイメージができる。

「照子のやつ、夢幻病でも伝心できるなら、どうして今まで子どもたちの呼びかけに応えてやらなかったんだ」

霜門さんは声音に僅かな戸惑いを含ませ、そう言った。

それを聞いて、卯美ちゃんが病室で嘆いていた意味がわかった。

『お母さんの神通力があれば、たとえ眠っていてもあたしたちの呼び声に応えられるはずでしょ?』

それは〝伝心〟の能力のことを言っていたのだろう。

卯美ちゃんは、眠る母親の心の声を聞きたくて、何度となくあの病室に足を運んだのかもしれない。今日こそは、今日こそはと思って。

しかし照子さんの心の声は、子どもたちには聞こえなかった。

なのに、どうして私にだけ聞こえたのだろう。

私はそっと自分の耳に触れた。

「もしかしたら、私の神通力が関係しているのかもしれません。私の耳は、あらゆる月のモノの音域を拾うそうです」

「……ははん。そういうことか」

霜門さんはすぐに納得した。

「夢幻病患者は、限りなく月のモノに近い気配を帯びるという。だったらお嬢ちゃんは、夢幻病で眠る、照子の心の声が聞こえる唯一の人間なのかもしれないな。確かめてみた方がいい。明日、病院に行ってみよう。俺も行くぜ」

「霜門さんも？」

「俺と照子は兄妹だ。少しは何かに、役立つかもしれねえだろ？」

「で、でも、病院は動物禁止では？」

「…………」

霜門さんは気まずそうな小声で「そこのところは考えとく」と言った。

「あとなお嬢ちゃん。文也にこのことは伝えるのか？　見たところ、この話をあいつにしてないようだが」

「え……」

霜門さんは、私がこのことを誰にも言えずにいたことを、お見通しのようだった。

僅かに瞳を揺らし、俯く。

「文也には言いづらいのかい？」

「……はい。だって」

「だって……？」

「…………」

私はそれ以上の言葉を何も言えなくなり、捻じ曲がったスプーンを膝の上でギュッと握りしめていた。

文也さんだけじゃない。

葉君や、卯美ちゃんも、心から母の目覚めを待ち望んでいる。

だけど、私、本当に照子さんの声を聞いたの？　勘違いだったらどうしよう。

スプーン曲げだって満足にできないのに、何の確証もなく、照子さんの声を聞いた、なんて言えない。

だって照子さんは、彼らの大切な〝お母さん〟だから。

「……そうだな」

霜門さんは、私の表情を見て、何となく納得してくれたようだった。

「まずは俺とお嬢ちゃんで、確認した方がいい。あいつらに余計な期待を抱かせちまうだけかもしれねえからな。お嬢ちゃんの不安は、俺にもよくわかるぜ」

「…………」

「せっかく天也や照子のことを受け入れて、子どもたちだけで立派に頑張ってるってのによ。必要のない絶望は、させちゃいけない」

霜門さんはやっぱり、本家のご兄弟にとって、血の繋がりのある伯父さんだ。

甥っ子や姪っ子が可愛くて、心配で、これ以上傷ついたところを見たくないのだろう。

「え？　お一人で出かけたい……？」

翌日。私のこの申し出に、文也さんはとても驚いた顔をしていた。

今日は朝から来ていた皐太郎《こうたろう》さんも「おお」と口を丸く開けている。

文也さんと皐太郎さんは、お座敷の座卓で向かい合い、お仕事に関する作業をしているところだった。今の今まで、学校や伏見のお屋敷に行く以外で、私が一人で出かけたいと言ったことなどなかったから、二人して固まっている。

確かに京都は不慣れな土地だが、そもそも高校生だし、そんなに驚かなくてもいいと思うけれど……。

「どちらへ行かれるのですか？　でしたら僕も一緒に……」

「あっ！　えっと。その、大した用事ではないので一人で大丈夫です」

私は耳に髪をかけながら、視線を逸らしがちに答える。

「ちょっとお買い物に行きたいだけで。文也さんには、お仕事があるでしょうし」

「そうですか……？」

文也さん、明らかに不審がっている。というか心配してくれている。

それでもあまり詮索《せんさく》してこないところが、文也さんらしい。そんな人に黙って照子さんに会いに行くなんて、何だかとても悪いことをしている気分になる。

「ええやないですか。あんまり束縛すると嫌われますよ、ボン。女性は何かと物入りですし、お一人になりたい時かてそらあります。男にわからへん用事もあるんですよ～」

「皐太郎。仕事しろ」

「あ、はい」

皐太郎さんはニヤニヤしながら、ノートパソコンで作業を続ける。

文也さんは横目で皐太郎さんを睨んだ後、また心配そうな顔をして私に言う。

「六花さん、外出時は十分お気をつけください。何かあったら、すぐに連絡を寄越してくださいね」

「はい。気をつけます」

「あ、組紐。前に僕が渡した組紐があったと思うのですが、あれを身につけているとよいと思います。魔除《まよ》けになりますから」

「はい。……いつも持ち歩いています」

「あと、そうだ。日中で暑いので扇子も忘れずに。お水も。あ、塩飴いります？」

か、過保護だ……。

流石《さすが》は長男。許嫁の私に対しても、まるで弟や妹かのような心配をする。

そもそもから、文也さんはそういう気質なのだろうと思う。

「それでは、いってきます」

私は玄関でペコリと頭を下げた。文也さんは相変わらず心配そうに眉を寄せている。

「いってらっしゃい。今夜は出前を取るので、夕食のことは気にしないでくださいね」

「はい。ありがとうございます。夕方には戻ります」

最後の最後まで私を気遣う文也さんに見送られ、私は嵐山の屋敷を後にした。

私が文也さんの外出を見送ることは今まで何度かあったけれど、私が文也さんに見送られるのは初めてで、何だかとても新鮮な気がする。

「お嬢ちゃん」

「わっ。霜門さん」

石段を降りている途中、脇の草むらから三毛猫が飛び出してきた。霜門さんだ。

「さあ行こうか。遠出なんて久々だぜ」

「猫姿じゃあ、電車に乗れないのでは」

「忘れたのかいお嬢ちゃん。俺は、猫以外にだって変化《へんげ》できるんだぜ」

霜門さんはボフンと白い煙を纏い、小さなてんとう虫になった。

そして、私の肩にちょこんと乗る。

なるほど。確かにてんとう虫であれば、誰も気にすることなく電車に乗れそうだし、病院にも入れそうだ。

「変化の力って、便利ですね」

「昔はこれで、よく悪さをしたもんだ。女湯覗いたり〜」

「………」

「あ、してない。今はしてないからな！　俺も女関係では痛い目見たし。マジで！」

肩に乗ったままおじさん声で喚いているてんとう虫をしらーっと見下ろし、一応、その言葉を信じることにする。

しかし確かに〝変化〟とは、何かと役立つ神通力だ。

文也さんが渋い顔をしながらも、霜門さんを受け入れたのも納得できる。

天女の神通力って、水無月の人間にランダムに出現するらしいのだけれど、それらにもレアリティなるものが存在するらしく、変化はかなり貴重な方らしい。

そんな話を、電車で移動しながら霜門さんとしていた。

「と言っても、文也やお嬢ちゃんのような、五感に属する神通力が、最も尊いとされているんだがな。あと、珍しくも何ともないが、卯美のような〝結界〟の神通力はかなり重宝される。あいつらの親父の天也も〝結界〟だった」

「一番珍しい神通力って、何なのですか？」

私は、本当にただ、何となくそれを聞いたのだった。

「何ってそりゃ……」

肩に乗ったてんとう虫は、僅かに言うのを躊躇《ためら》って、そして、

「不老不死、だ」

ポツリとそう、呟いた。

「不老不死……？」

私は思わず聞き返す。それは何だか、今まで見聞きした天女の神通力の中でも一線を画す、イレギュラーな力に思えた。というか、信じられない。

「竹取物語にも出てくるだろ？　不老不死の妙薬。あれは結局、月界人の中には死を超越した不老不死の存在がいたということを意味している。そういうのが時々、水無月の人間にも出現するんだよ。本当に、ごく稀に」

「いるんですか？　本当に、不老不死の人間が？」

水無月の一族の中に……？

「まあそうだな。だけど〝不老不死〟だけは水無月でもトップシークレット。禁忌扱いだ」

「…………」

「あー。ここまでだ。ここまでだぜ、俺が言えるのは。そもそもお嬢ちゃんに言ってよかったのかも謎だ。あとは文也にでも聞け。だが……」

てんとう虫は切なげにぼやいた。

「文也は、お嬢ちゃんには、知られたくないかもしれないな」

私は目をパチクリさせる。

それはどういう意味なんだろう。

色々と聞いてみたかったけれど、肩に乗るてんとう虫の霜門さんが、突然こんなことを聞いてきた。

「ところでお嬢ちゃん。文也といえば、お嬢ちゃんはいつ文也のことを好きになったんだ？」

「へ？　それは……」

露骨に話題を変えられた気がしたが、私もまた話の流れのまま当然のように答えようとして、ハッとした。そしてじわじわと顔が赤くなっていくのを感じ、私は俯いた。

「い、いつの間にか、としか……」

「ははっ。お嬢ちゃんは素直だな。てんとう虫より真っ赤だぜ」

何だか癪《しゃく》だな。霜門さんはてんとう虫姿で色々ごまかせていいな。

「いいじゃねーか。お嬢ちゃんくらいの年頃の娘は、どっちかってーと悪ぶってる男とか、危うい男に惹かれたりするもんだが、文也ならまあ六蔵も安心だろ」

悪ぶってる男。危うい男。普通に怖いな……

「実際、水無月の人間で、好きなやつと結婚できるなら幸せな方だぜ。幼い頃に許嫁を決められることがほとんどだから、形だけ夫婦を演じて、よそで愛人作ってるやつも多い。お嬢ちゃんや文也のように、若いうちから相思相愛なら……」

「相思相愛じゃないですよ」

気がついたら、そう答えていた。

「私が一方的に好きなだけです。でも文也さんはそうじゃない。……まだ、恋じゃない」

私のその台詞《せりふ》に、肩に乗ったてんとう虫が驚いていた。

「お嬢ちゃん。もしかしてあの時の会話を……」

少しの間、沈黙が続く。

霜門さんは、私があの時の会話を盗み聞きしてしまったことに気がついたようだった。

地下鉄の電車はもうすぐ、目的の駅に着こうとしていた。

「なあ、お嬢ちゃん。あんまり深く考えすぎるなよ」

「え？」

「水無月はどうしてか恋に狂いやすい一族だ。淡々としているようで、得体がしれないようで、その実、恋心に溺《おぼ》れやすい。こんな時代に珍しいだろ？　絶滅寸前の月界人の血が、子孫を残そうとそうさせるのかわからないが……俺は一度外に出たから、水無月の異常性が、よくわかる」

「………」

「六蔵だってそうだった。照子だって、夢幻病とかいう恋煩いの病に落ちたほどだ。行きすぎた恋心は、身の破滅を招くことがある。お嬢ちゃんも十分気をつけるこった」

霜門さんの口調は、とても真面目で、真剣だった。

恋に狂いやすい一族……か。

水無月家にはどことなく冷たく無機質な印象があったから、霜門さんのその表現が、私には意外に感じられたのだった。

心がざわざわと落ち着きがない。

霜門さんから水無月にまつわる、色々な話を聞いたからだろうか。

だけど、私はそんな話をするために、てんとう虫を肩に乗せて下鴨神社までやってきた訳ではない。

糺の森は、今日もみたらし祭に行く人々が行き交っている。

木立の陰を頼りに、日中の強い日照りを避けながら、病院に辿り着く。

しかし、

「面会のご予約のない方を、病室にお通しする訳にはいきません。お引き取りください」

何と、受付で引き止められる。

受付の女性は冷めた声で私を拒否し、怪しむ目をしてジロジロと見ている。

そりゃあそうだ。本家の当主の文也さんと違って、私はこの病院の方々にとって見知らぬ不審人物でしかないもの。

「えと、えと、でも……っ」

「ちっ。仕方がねーな」

私がおろおろしていたからか、肩に乗っていたてんとう虫から舌打ちが聞こえた。

そして、病院内だというのにボフンと白い煙を上げて、霜門さんは変化した。

それはそれは見目麗しい、長身で甘いマスクの、絶世の色男に。

「この病院に勤めている人間で、俺のことを知らねーやつはいねーだろ？　俺は水無月霜門。天川一門出身の、水無月霜門様だぜ。さっさと妹の照子の病室に通してくれ！」

私は口をあんぐりと開け、目を大きく見開いて霜門さんを見ていた。

う、嘘でしょ。どう見ても四十路とは思えない。せいぜい三十代前半という感じだ。

若々しすぎる。

「んぎゃーっ、シモン様のご降臨よ！」

受付の女性は絶叫し、そのまま後ろに卒倒した。

え……⁇

「シモン様ですって⁉」

「お戻りになっていたのねっ！」

四十路前後と思《おぼ》しき看護師さんや、患者さんたちも次々に大騒ぎ。

もしかしてもしかして、この病院にいる人間って、みんな水無月の関係者？

「何⁉　水無月霜門が帰ってきたのか⁉」

「芸能界を干されて、東京湾に沈められたって聞いていたが、生きていたのか」

「そのまま死んでくれていいのに……」

中年の男性医師や、男性の患者たちも、こぞってヒソヒソしていた。何とも言いがたい微妙な空気の中、渋い顔をして。

私はただただ目を丸くして、この光景と、人間の姿になった霜門さんを見比べていた。

霜門さんが元芸能人で、同世代の女性たちに人気があったことを、改めて思い知る。

この騒動の中、霜門さんが私に向かって「GO」サインを出すので、私はそろりそろりと、照子さんの病室に向かったのだった。


照子さんの病室に入ると、昨日卯美ちゃんが飾ったひまわりの花が、今日も色濃い黄色のまま咲いている。そして、窓辺のカーテンがふわふわと揺れている。

照子さんは、やはり眠りについていた。

色々な機器が取り付けられ、静寂の中、心電図の音が規則正しく鳴り続ける。

「照子さん……」

私は彼女の傍らで、その名前を呼んだ。

見れば見るほど、女の私ですら心惹かれる美しい人だ。

確かに、本家のご兄弟の中では、葉君に一番似ているかもしれないな……

私は傍らにあった椅子に座って、掛け布団から出た細い手に触れた。

そしてもう一度呼びかける。

「照子さん。私、水無月六花といいます。昨日は、きちんとご挨拶ができずにすみませんでした。私、六蔵の娘です。……文也さんの、許嫁です」

鞄《かばん》から水無月の扇子を取り出すと、それを開いて自分の耳元に当て、目を閉じた。

扇子の力を借りて周囲の音を遮断し、月のモノの音を拾うことだけに意識を集中させる。

すると、一瞬とても深い静寂に身が投げ出される。

そうして聞こえてくる。

誰にも聞こえない、私にしか聞こえない、小さな声。

『……さん……りっか……さん……』

遥《はる》か彼方《かなた》、遠い場所から聞こえてくる。

私を呼ぶ声。

『六花さん。六花さん。――私の声が聞こえますか?』

第八話

恋煩いに落ちていく（一）

夢幻病。

別名、恋煩いの病。

それを患った者は、深い眠りに落ちていく。

決して目覚めることのない、夢の世界に落ちていく。

幸せだった時代。

愛する者がいた時代。

その記憶だけを探して、追い求めて、彷徨《さまよ》って。

＊＊＊

「こんにちは、六花《りっか》さん」

目の前に、一人の美しい女性が佇んでいた。

縞更紗《しまさらさ》模様の黄色とベージュの着物の上から、白いレースのショールを纏い、同じくレースの日傘をさした小柄な女性。レトロモダンというか、洋風と和風を上手く組み合わせたおしゃれな着物の着こなしだ。

そこは、青い空の下。

ひまわりの花が咲き乱れる広々とした花畑で、一度自分の目をこする。

私は確か、病院の一室にいたはず。

何だか不思議の国にでも迷い込んだかのような心地だった。

「ふふっ、そう驚かないで。ここは夢の中なんだもの。どんな世界もアリなのよ」

女性は鈴のような声でコロコロ笑う。

何より、柔らかな色の瞳が印象的な人だ。緩くウェーブのかかった髪を後ろで纏め、銀のバレッタで飾っている。全身が醸《かも》すおしゃれで柔らかな雰囲気が、いっそう、私を惚けさせていた。

やがてハッと意識を取り戻し、慌てて「こんにちは」と頭を下げた。

「あの。あなたは照子《てるこ》さんですか？」

「はい、そうです。文也《ふみや》と葉《よう》と卯美《うみ》の母の、照子です」

そして日傘を閉じ、彼女もまた深く私に頭を下げる。

「私、水無月《みなづき》六花といいます」

「存じております。六蔵《りくぞう》様のご息女の、六花さんですね」

「はい」

「そして、文也の許嫁」

「…………」

私はとてつもなく緊張していた。

照子さんは文也さんのお母さん。私が文也さんと結婚するのなら、照子さんは私にとって義母になる。

それ以上に、照子さんにとって私という存在は、そう簡単に受け入れられるはずのものではないと思うから。

だけど、照子さんは慈愛に満ちた笑みを浮かべ続けていた。

「あなたに会えるのを、とっても楽しみにしていたのよ、私」

その言葉に、少し驚かされた。

「え……？」

「子どもたちが見舞いに来てくれた時、あなたの話をよくしますから。あなたが文也の許嫁になることは予言されていたけれど、やっとあの子のもとに来てくれたのだと思うと、母としては感慨深いわ」

私は知らなかったけれど、文也さんも、葉君も、卯美ちゃんも、それぞれが密かに照子さんの眠る病院へ見舞いにやってきていたらしい。

その時、彼らは日頃の出来事を語りかけてくれるらしく、その中で、照子さんは私の話も聞いていたと言う。

「その、すみません、照子さん」

まず私は、謝らなければと思っていた。

「父と照子さんのことを、聞きました。とんだご迷惑を……っ」

「あらやだ。そんなこと、娘のあなたが謝ることじゃないわ。あなたが生まれる前の出来事だもの」

照子さんは口に手を当ててコロコロと笑う。

柔らかな大人の落ち着きがある一方で、どこか少女らしさを残す人だ。

照子さんはひとしきり笑うと、ふと切なげな目になって、どこまでも続く青い空の、風の吹く方へと、視線を流す。

「でも、そうね。六蔵様がいなくなった日は、それはもう、泣いたわね」

「……………」

「幼い頃から六蔵様と結婚するんだって、そう言い聞かされて、私は生きてきたんだもの。別の女性が……それも水無月ではない人が、あの人を攫っていくなんて考えたこともなかった。だけどこういう、水無月の考えに染まりきったところが、六蔵様は好きではなかったのでしょうね」

「照子さん……」

「でもいいの。そういうことがあったから私は天也《てんや》君と夫婦になれたんだもの。それで私、思ったの。私は自分で、本当の……運命の人を見つけたんだって」

その晴れ晴れとした表情から、照子さんは、私の父である水無月六蔵にはもう何の未練もないのだと思い知らされる。

広大なひまわり畑の上を、大きな雲の影が横切っていく。

再び太陽がお目見えし、その光に照らされた彼女の表情は晴れ晴れとしていた。

まさに〝照子〟という名前の通り、明るい日差しに照らされて、いっそう眩しく光り輝く。

天女が本当にいるのなら、彼女のような姿をしているに違いない。

「そうだ。六花さんにもあの頃の私たちを見せてあげる。見てもらった方が早いと思うの。それに六蔵様の若い頃の姿、見てみたいでしょう?」

照子さんはいいことを思いついたとでもいうように、無邪気に私の手を取り、レースの日傘をパッと開いた。そして、

「わっ!」

急にふわりと体が浮かんだかと思うと、私の体は一気に空を舞った。

「と、飛んでる、飛んでる……っ!」

「うふふっ、ここは夢の中よ。墜落して死んだりしないから! ノープロブレムよ!」

「き、きゃあああああっ」

青空を舞い上がり、空気を蹴って駆ける。

白い雲を突っ切ったかと思ったら、突然の急降下。

それで情けない悲鳴をあげる私と違って、照子さんはテンション高めのままキャッキャと笑っている。きっとこういうところが卯美ちゃんに引き継がれたのだろうな、とか思っていると……

空の向こうに、洋風の飾り扉を見つけた。

それは某どこでもドアのごとく、ただそれだけで宙に浮いて止まっている。

照子さんが「えい」と言って、その扉を足で蹴って開けた。

……蹴って開けた⁉

お嬢様育ちのはずなのに、なかなか豪胆で下品なことをなさる。

だけどこれも、夢なのでノープロブレムというやつなのだろう。

＊＊＊

扉の中に入る。

目の前に広がっていたのは、見覚えのある緑の森。

木漏れ日が枝葉の間からこぼれ落ち、地面で揺れている。

ああ、ここは、嵐山の本家の庭だ。

私、幽霊みたいに浮いている……

「六花さん。ね、ほら、あそこ」

照子さんもまた同じようにふわふわと浮いていて、戸惑う私に身を寄せてちょいちょいと肩をつつくと、ある場所を指差した。

そこには若い三人の男子が集まって、話をしていた。


『俺はいつか、絶対、この家を出ていく。自由になって外の世界で生きるんだ。水無月の掟なんて知ったことか。あの妖怪クソジジイと同じ本家の当主になんて……あいつの言いなりになんて、なってやらねえぞ』

ふてくされた顔をして文句をたれている袴姿の青年が、切り株の上であぐらをかいて座っていた。

だけど、すぐにわかった。あれは私の父、水無月六蔵だ。

何があったのか、頬が腫《は》れている。

妖怪クソジジイとは先代当主・水無月十六夜《いざよい》さんのことだろうし、父にとっては祖父のはず。何か、お叱りでも受けたのだろうか。

『ここから出ていってどこに行くんだよ。東京か？　だったら俺も六蔵についていくぜ。俺はこの容姿だから、原宿《はらじゅく》や渋谷《しぶや》あたりをちょっと歩くだけで芸能事務所からわんさかスカウトされると思う』

タレ目の美青年が、遠い都会に憧《あこが》れて妄想にふけっている。

着物は着ておらず、学校の制服を着崩している。

あれは絶対、若い頃の霜門《しもん》さんだ。背格好や雰囲気が、少し葉君に似ている。

『馬鹿なことを言うな、六蔵。どうせすぐに連れ戻される。だいたい家出に失敗したばかりじゃないか。水無月家に不満があるなら、お前が当主になって内側から変えていけばいいだろう』

木にもたれ本を読んでいた、羽織姿の青年がそう言った。

賢そうな面立ちで、スラッとした佇まい。その端整な容姿や、色素の薄い髪や肌を見て、私は直感的に文也さんに似ていると思った。

きっと、文也さんや葉君や卯美ちゃんの父である、水無月天也さんだ。

『ところで照ちゃん。そこで何をしてるの？』

天也さんが何かに気がつき、向かいの木に声をかけた。

すると木の後ろから、小柄な女の子がおずおずと顔を出す。

華やかな柄の着物を着た、可憐《かれん》な美少女。手には救急箱を持っている。

ああ、若い頃の照子さんだ。

『だって、だってだって。真面目な話をしていたから。照子は邪魔かと思って』

そして心配そうな顔をしたまま木の後ろから出てきて、六蔵の前でしゃがみ込む。

『六蔵様、頬が真っ赤よ。お薬を塗らないと』

『別にこのくらい、放っときゃ治る』

『で、でも……』

手当てをしてあげようと思って来ただろうに、六蔵はそれを拒否する。

照子さんはシュンとして、戸惑いながら六蔵に聞く。

『六蔵様、水無月を出ていくの？』

『そうだ。水無月家は根っこから腐ってる。もう手遅れだ。俺はこんな、虫籠のような家で一生を暮らすつもりはない。絶対に出てやる。俺がいなくなったら、困るのはあの妖怪クソジジイなんだからな』

『でも、その時は照子も連れていってもらえるのよね？』

『……お前は水無月から出ようとはしないだろうよ』

父、六蔵はボソッと呟いた。冷たい言い方をすると思った。

天也さんはそんな六蔵と照子さんを横目でちらりと見てから、視線を落とした。

六蔵が本当に水無月家を出ていくのではないかと、この頃から天也さんには、予感めいたものがあったのかもしれない。

高い場所から見下ろしながら、彼らの若かりし頃の姿を目に焼き付ける。

きっとここは、照子さんの記憶が作り出した夢の空間。

父も、霜門さんも、照子さんも、天也さんも……今の私くらいの年齢だった。

＊＊＊

次に、緑色のシンプルな扉を開けて中に入った。

どうやら、大学のキャンパス内のようだ。

「京都大学よ、ここ」

照子さんが私の耳元で囁く。私たちは相変わらず、高い場所で幽霊のようにふわふわと浮いて、記憶の景色を見下ろしていた。

「ほら、あそこ見て」

照子さんが指差したところには、若い頃の照子さんと思《おぼ》しき人がいた。

『照子、もうやめなって。六蔵様に見つかったら私までお叱りを受けるのよ』

『ダメよ神奈《かんな》ちゃん！　六蔵様が惚れ込んだ女が、この大学にいるって話じゃない。相手の顔を拝むまで、私、帰りませんからね』

友人だろうか？

照子さんは、神奈ちゃんというさっぱりした感じの眼鏡の女性を連れて、大学内の垣根《かきね》の後ろに隠れていた。

そこで、双眼鏡を片手にキョロキョロして、六蔵を探しているようだ。

六蔵はすぐに見つかった。同時に大学生の彼が側に連れている女性を見て、私の心臓はドクンと跳ねる。

ああ、あれは、若い頃のお母さんだ……

『あの女が六蔵様の彼女ってやつね。まあ、なんて女らしくない格好かしら！　神奈ちゃん、あの女について調べはついていて？』

『私、探偵じゃなくて一応天川の総領娘なんだけど……』

神奈ちゃんという人が呆れた口調でため息をつき、どこからかメモ帳を取り出す。

『六蔵様の彼女の名前は、片瀬彩子《かたせあやこ》。六蔵様と同じ学科、同じサークルに属する模様。父親は京都府職員。母親は幼い頃に他界しており、継母《ままはは》がいるみたいだけど関係は不良。ご兄弟は義理の妹と弟が一人ずつ……』

つらつらと、私も知らなかったお母さんの情報が羅列される。

母は大学生らしく髪を茶色に染め、ショートボブカットにしていて、当時の流行であろうパンツルックだった。照子さんがクリクリした目の甘い顔立ちの女性だとしたら、母はキリッとした目元が特徴的なクールビューティーで、どこまでも対照的。

母は父のことを引っ張って、自由気ままに、連れ回している。

『まあ、六蔵様の前を歩くなんて！　女は殿方から三歩下がって歩くものよ』

『六蔵様は、片瀬彩子のそういうところに惹かれているらしいわよ。水無月の女とは真逆なところに』

『まあ！　なあにそれ！　ありえないわ！』

若い頃の父と母は、恋人らしく時折二人で見つめ合ったり、笑い合ったりしている。

仲睦《なかむつ》まじい父と母を見て、私は、何とも言えない感情に苛まれていた。

この頃の彼らは、のちの不幸をまだ知らない。

その恋愛が、未来の幸せに繋がっていると信じている……

『照ちゃん、何やってるの？』

『きゃあ、天也君！』

照子さんの双眼鏡を後ろから取り上げたのは、大学生の天也さんだった。

照子さんは驚いて振り返る。そして顔を真っ赤にさせて言った。

『どどど、どうして私がここにいるってバレたのかしら⁉』

『そりゃあ、大学に派手な着物の女の子がいたら目立つに決まっている。ここは水無月家じゃないいんだから』

『ねえ、天也君も言ってやってよ。このままじゃ照子、ストーカーまっしぐらなんだけど』

『うーん。神奈にどうにもできないなら、僕にも少し難しい』

そう言って、天也さんは神奈という人に、照子さんから奪った双眼鏡を渡した。

『ふん。どうせ天也君も六蔵様の言いなりなのでしょう。私を見つけたら、追い返すように命じられているのだわ』

『照ちゃん……』

『でも、浮気は男の甲斐性《かいしょう》とも言いますし、今は遊びの恋愛を許して差し上げます。どうせ私たち、いつか、絶対に結婚するのだから。本妻は私なのだから』

照子さんは余裕な表情を浮かべ、胸に手を当て、得意げにしていた。

内心は、そうしていないと負けたみたいで、悔しかったのかもしれない。

『天也君。あなたがしっかりと六蔵様を見張っておいてくださいね。水無月の人間として、一線を越えてしまわないように』

『………』

天也さんは照子さんの言葉に、困った顔をしていた。

＊＊＊

今度は、少し錆《さ》びついた鉄の扉を開いた。

私はどこかの屋敷のお座敷を見下ろしている。

酷く取り乱す、女性の声がする。


『六蔵様が出ていったなんて、私、信じないわ！』

『照子、落ち着け！　落ち着けったら』

霜門さんが、髪を振り乱しお座敷から飛び出さんとしている照子さんを押さえている。

天也さんも、すぐ側で照子さんを宥《なだ》めていた。

『兄さんと天也君は知っていたんでしょう⁉　二人して私を騙《だま》して、裏切って、六蔵様があの女と一緒になるのを手助けしたんだわ！』

『照ちゃん。ごめん……ごめん。ごめん』

天也さんがひたすら謝っている。

照子さんは涙で顔をぐちゃぐちゃにして、悲鳴に近い声を上げ、首を振る。

『酷い！　酷い！　私は幼い時から、本家に嫁ぐことを使命のように言いつけられて、ずっとずっと努力してきたのに！　ずっとずっと、我慢してきたのに……っ』

そして、ガクンとその場にへたり込む。

『みんなして、みんなして私を裏切ったのよ！　誰も私のことなんて考えてない。私が不幸になったっていいと思っている。誰も、私を、愛しちゃいないんだわ！』

わああああっ、と畳に伏せて、声を上げて泣き喚く照子さん。

照子さんにとって、何が一番、悲しくて悔しかったのだろう。

六蔵が許嫁の自分を捨てて、別の女性と一緒に水無月から逃げたことだろうか。

それとも、信頼していた人たちが、こぞって自分を裏切ったことだろうか。

それとも……選ばれなかった自分自身が、虚《むな》しく惨めになったのだろうか。

過去の自分を、高い場所から見下ろす照子さんは、眉を寄せて微笑んだまま。

父が許嫁を裏切って、母と駆け落ちをしたというのは知っていた。だから親族と疎遠になっているんだって、前々から聞いていた。

だけど、これは知らない。

当時の人々の動揺や、緊張。悔しさや悲しみ。切迫した状況というのをこうやって目の当たりにすると胸が痛くて、照子さんの泣き声は、聞いているだけで辛くなる。

父は、本当に大変なことをやってしまったのだ。

一人の女性への愛を貫《つらぬ》くために。自分自身の自由を勝ち取るために。

もう一人の女性の人生を犠牲にし、自分を大切にしてくれた何もかもを捨てて、水無月という虫籠から逃げたのだ。

＊＊＊

『照ちゃん。君は僕のことを恨んでいるだろう。六蔵を本家から逃がした、僕を』

町屋の二階の窓辺で、泣き疲れてぐったりしている照子さんのもとに、天也さんが訪れた。

だけど、照子さんは天也さんの方を見ない。

いつからここで泣いていたのだろう。いつも綺麗にしていた髪は乱れ、着物の袖が濡れているのがよくわかった。

『君の尊厳を傷つけた。そうなることがわかっていたのに、僕は六蔵を水無月家から逃がしたんだ』

『……信じていたのに』

照子さんは力ない声でつぶやいた。

『天也君を信じていたのに』

そして、小さな背中を小刻みに震わせる。

『あなたも、私では六蔵様にふさわしくないと思っていたのね』

『……違うよ、照ちゃん。僕はずっと、照ちゃんこそ本家の嫁にふさわしいと思っていたよ。本当に、心から』

天也さんは照子さんに近づき、側でしゃがむと、一輪のひまわりを彼女に差し出した。

『僕ではダメかい、照ちゃん』

その一言に、照子さんの肩が小さく震えた。

だけど照子さんは、天也さんの方を向こうとはしない。

それでも天也さんは、一輪の黄色い花を差し出し続けていた。

『僕はずっと、照ちゃんのことが好きだった。親友の……六蔵の許嫁だからと、この思いをひた隠しにしてきたけれど。でももう遠慮はしない。僕は六蔵の一件の責任を取って本家の養子に入るつもりだ』

『……え』

照子さんは何に驚いたのだろう。

天也さんが、自分をずっと好きだったことだろうか。

それとも、天也さんが全ての責任を負って、本家の養子となることだろうか。

顔を上げて、動揺で瞳を揺らしながら、天也さんの方を振り返る。

天也さんはそんな照子さんを、まっすぐに見つめていた。

静かでいて、熱を帯びた瞳で。

『僕と結婚してほしい。六蔵より僕の方が、ずっと君を、愛している』


ひたむきな愛情が、一途《いちず》すぎる言葉が、照子さんの心に強く響いたのだろうか。

照子さんは差し出されたひまわりの花を、受け取った。

ひまわりは、照子さんが一番好きな花だったという。

ああ、そうか……

文也さんが毎日私に花を贈ってくれるのは、自分の父が母に、いつもそうしていたからなんだ。

純粋で、清らかな愛情表現が、胸に迫る。

素敵な恋だ。素敵で、切なくて、泣いてしまいそうになる。

それが文也さんにも受け継がれているのだと思うと、いっそう、愛おしい。


それからもう少し、照子さんの記憶の扉を叩いて、覗いて、確かめた。

照子さんと天也さんは夫婦となって、長男の文也さんを授かり、葉君、卯美ちゃんと、子宝に恵まれた。

なんと、この夢の世界で、あの三兄弟の幼い時代を見ることができた。

文也さんは子どものうちから言動がしっかりしていて、表情もキリッと引き締まっていて、驚いた。でもやっぱり声や顔立ちに年相応の幼さがあり、愛らしいので、私は密かに心ときめいたりしていた。悶えたくなる愛らしさだった。文也さんも以前言っていたけれど、父の天也さんに色々と教わることが多かったようで、お父さんに手を引かれ庭の植物を見て回る姿が、私には印象的に映った。

葉君は意外にも、文也さんにちょこちょこ付いて回るお兄ちゃん子で、文也さんもそんな葉君の面倒をよく見ていた。今は二人とも同じくらいの背丈《せたけ》だけど、子ども時代は二歳差というのが背丈や顔立ちに顕著に出ていて、兄と弟らしい光景にほっこりした。

卯美ちゃんはというと、末っ子らしく甘えん坊で、お母さんに抱っこされてないとすぐに癇癪《かんしゃく》を起こす子どもだったようだ。ダイナミックな泣き声は今も変わらないなと、微笑ましく思ったり。

両親の愛情をしっかり受けて、本家の子どもたちはすくすく育つ。

＊＊＊

ある扉の前に立ち、照子さんがその扉を途中まで開けて、そこで急に固まった。

ドアノブを持つ照子さんの手は震えていた。

「大丈夫ですか、照子さん」

夢の中とはいえ、照子さんの様子に心配になる。

「ごめんなさい、六花さん。ここから先は、私、見る勇気がないの」

「……はい」

「天也君はね、もうこの世にいない。死んでしまった」

僅かに開かれた扉の向こうを、私は見た。見えてしまった。

顔隠しの白い布を被せられた、物言わぬ骸《むくろ》。

それに泣《な》き縋《すが》る、喪服の照子さんの姿があった。

そのすぐ側に、三人の子どもたちもいた。

泣くのを我慢して、覚悟の表情でいる文也さん。

泣くのを我慢できず、声を押し殺して泣く葉君。

我慢など一切せず、声を張り上げて泣く卯美ちゃん。

そんな卯美ちゃんを抱き寄せて、口元を震わせている千鳥《ちどり》さん。表情に影を落とし、静かに控えている皐太郎《こうたろう》さん。悔しげに奥歯を噛み締めている霜門さん。

私が知る、今お世話になっている誰もが、天也さんの死を悲しんでいる。これは現実にあった過去の出来事。

照子さんは、きっと耐えられないのだ。

この光景を、今一度思い出すこと。

だから、照子さんがドアノブを持つ手を、私の手で包むように握って、この記憶の扉を閉めてしまう。

もう十分、照子さんが私に伝えたいことは、わかった気がしていた。

「ごめんなさい、六花さん」

「いいえ」

私はふるふると首を振った。

いつの間にか私たちは、再び、ひまわり畑に立っていた。

ほんのりと、世界が夕焼け色に染まり始める。

ここは夢の中のはずなのに、ちゃんと夏の、夕方の匂いがするんだな。

「天也君は死んでしまった。だけどね、天也君は私にプロポーズしたその言葉の通り、誰より私を愛してくれたし、大切にしてくれた。最期まで守ってくれた。私は最初、天也君に恋をしていた訳じゃないと思うの。だけど一緒になって、純粋な愛情を注がれるうちに、ゆっくりと、だけど深いところで、彼を愛した」

「…………」

「天也君のいない世界なんて耐えられなかった。だから、私は母親失格だわ。まだ幼かった子どもたちを置いて、私だけ、夢の世界に逃げてしまったんだから」

照子さんの夢幻病は、天也さんが亡くなった一年後に発症したと、聞いていた。

突然、深い眠りについて、そのまま目を覚まさなくなった。

それは、恋煩いの病。

夢幻病から回復するには、本人の、目覚めたいという強い意志が必要だという。

私は照子さんに問いかける。

「照子さん。もう、目覚めるおつもりはないのですか？」

文也さんも、葉君も、卯美ちゃんも、母の目覚めを心から望んでいる。

照子さんは悲しげに微笑んだ。そして首を横に振った。

「ではなぜ、卯美ちゃんや……文也さんや葉君の呼び声に、応えてくださらないのですか？　照子さんの神通力は、テレパシーのような、心の声を伝える〝伝心〟と聞きました」

「そう。だけど無理だったのよ。私の〝伝心〟の力があっても、この深い夢の世界からは誰にも声が届かない。唯一私の心の声を聞き取ってくれたのが、六花さん、あなたなの」

照子さんは言った。

夢幻病に陥《おちい》った女性は、限りなく月のモノに近い存在になってしまう。それで月のモノと。

「輝夜姫《かぐやひめ》」


の音域を拾う耳を持つ私にだけ、声が聞こえたのではないか、と。

「六花さん。あなたは六蔵さんの忘れ形見。本家の血を継ぐ女長子。輝夜姫《かぐやひめ》」

照子さんは私の手を取り、強く握りしめる。

「あなたは確かに特別なのでしょうね。私の声が聞こえたんですもの」

「でも、照子さん。私……」

「お願い、六花さん」

そして近い場所で私の目を見つめる。

真正面にある彼女の瞳は、あまりに強い意志を帯びていた。

「これから、文也や葉、卯美に多くの困難が降りかかる。当主の文也は辛い立場に立つことになるでしょう。それは、私と天也君が片付けられなかった歪み。天也君が命をかけてでも正したかったもの。水無月の歪みの、後始末になるわ」

水無月の歪みの、後始末……？

照子さんの言葉は意味深で、だけど何か、とても大切なことを私に伝えようとしていることはわかった。

「どうか、文也をお願いします。あの子を、あの子たちを助けてあげて。守ってあげて」

照子さんは私の手を握りしめたまま、縋るように、神頼みでもするかのように、深く深く頭を下げるのだった。

「て、照子さん……っ、頭をあげてください」

「いいえ。いいえ六花さん。あなたにしか頼めない。あなたにしか、水無月の歪みを正すことはできない……っ」

照子さんの声は切実で、焦りや恐れすら感じる。

頭を下げて頼み込む姿からは、三人の子どもの母としての覚悟を感じる。

彼女は何を知っていて、この先の、何を恐れているのだろう。

そもそも、水無月の歪みとは何なのだろう。

この先、私たちに、いったい何が待ち受けているというのだろう。

「顔をあげてください。照子さん」

私の口調が少し変わったからか、照子さんが顔を上げた。

私は多分、微笑んでいた。

「大丈夫です。私だって本家の皆さんが大事です。それに、私はとっくに……文也さんに夢中ですから」

「……六花さん」

「この恋心が、怖いと思えるくらいに」

照子さんはハッとしたような顔をしていた。

私はというと、空を見上げる。切ない黄昏色《たそがれいろ》の空を。

照子さんなら、きっとこの言葉だけで、私の恋心をわかってくれただろう。

私と照子さんは少し似ている。

枯れかけて、死にかけた心に水を注いでくれた人に、恋をした。

「……そう。文也のこと、好きになってくれてありがとう。文也の許嫁があなたで嬉しい」

照子さんはグッと眉根を寄せ、胸に手を当てて涙を一筋流した。

そして、何か覚悟したような様子で一度頷く。

「六花さん。いえ、六花様。あなたに渡さなければならないものがあります」

「え？」

「お受け取りください」

照子さんの口調が畏《かしこ》まったものになり、私は改めて照子さんを見た。

照子さんは、私の頬にその両手を添える。

私が戸惑う暇もなかった。彼女は私の額に、自分の額をそっと当てたのだ。

一瞬、触れ合った部分が熱を帯びた気がした。

「……？」

何を託されたのか、全くわからない。

今のはいったい何ですか？

そう尋ねるより先に、照子さんは私からパッと離れ「もう行かなくちゃ」と言って、こちらに背を向けた。

「て、照子さん！　待ってください！」

私は照子さんを、慌てて呼び止める。

「みんな照子さんに会いたがっています。やはり、目を覚ましてくれないのですか？」

「…………」

「お願いします、照子さん……っ」

そして、もう一度だけ、必死になって訴えた。

家族の誰もが、あなたに会いたがっている、と。

答えなんてわかっている。だけど、もう一度確認したかった。

照子さんは振り返ると、寂しげな微笑みを浮かべて、やはり首を横に振ったのだった。

「ごめんね、六花さん。あの子たちに寂しい思いをさせているのはわかっているわ。だけど、私が目覚めると少し厄介なことになるのよ」

「え……？」

「文也に『踏ん張りなさい』と、葉に『希望を捨てないで』と、卯美に『また会いにおいで』と、伝えてください。子どもたちを『永遠に愛している』と」

「……照子さん。待って」

「私はまだ目覚める訳にはいかない。私はこの場所を守り続けなくちゃいけないから。私だって……水無月の本家に嫁いだ女だから」

そして照子さんは、私から遠ざかっていく。

照子さんの向かう先に、もう一つ人影がある。

ひまわり畑の真ん中に立つ、着物姿の男の人。一瞬、文也さんかと思ったけれど……

「天也君！」

照子さんはその人に気がつくと、少女のように軽やかに、その人のもとへと駆け寄った。

そして仲睦まじく手を繋ぎ合い、身を寄せ合う。ひまわり畑の真ん中で。

ああ、そうか。そうだったのか。

夢の世界で、照子さんは愛する夫と共にいるのだ。

裏

文也、嵐の前の静けさ。

「ボン、手が止まってますよ～」

今しがた皐太郎《こうたろう》に指摘され、僕はハッと我に返った。

ノートパソコンを前に事務作業をしていたはずだが、集中できずに気がつけばぼんやりと考え事をしていたのだった。

「一人で出かけた六花《りっか》さんが、そんなに心配ですか？　伏見《うち》にかてお一人で来はることがあるのに」

目の前にいる、本家の弁護士兼税理士の皐太郎が、ニヤニヤして僕を見ていた。

僕はそんな皐太郎に「当たり前だ」と断言する。

「行き場所がわかっているのと、そうでないのでは訳が違う。分家の人間が彼女に何かしたらと思うと気が気じゃない」

「安心してください。伏見の情報筋によると、分家連中はまだ動きませんよ。少なくとも、今日は大丈夫です」

「………………」

皐太郎はニッコリと笑う。これほど胡散臭い笑顔もないが、伏見は本家を守るためにあらゆることを陰でしている。皐太郎がはっきりとそう言うのなら大丈夫だと信じたい。

だがしかし、敵対している分家の連中によって六花さんが傷つけられたり、攫《さら》われたりするようなことを可能性として考えておかなければ、いざという時に彼女を守れない。

そんな張り詰めた状況の中でも、彼女にはそれを悟られず、できる限り平穏な日々を送ってほしいと思っている。

皐太郎は伸びをした後、肩を回しながら気楽に言う。

「そもそも分家連中、最近はやけに大人しいでしょ？　六花さんが現れてからというもの、ボンが命を狙われたこともない」

「伏見のお祖母様に、カクレ形代《かたしろ》をお見舞いされたくらいか」

「まあまあ。あれはあの人なりの愛情表現みたいなもんですから」

「あれが愛情表現なら、僕の命は何個あっても足りないな」

「あっはははは。いやいや何を言うてはるんですか、ボン。千鳥《ちどり》様ほど愛情深いお祖母様はいはりませんよ～」

大笑いした後に、お祖母様をフォローする皐太郎。まるで説得力がない。

「千鳥様が、あんなに必死に霜門《しもん》さんを捜してはったんかて、ボンの絶対的な味方を増やしてあげたかったからです。霜門さんは水無月《みなづき》家を破門されていて、しがらみがありませんからね。そういう人材は貴重ですから。いや霜門さんの場合、猫材ですかね？　ね？」

「…………」

皐太郎のボケに乗ってやれるほど、僕はノリがよくない。

「確かに伯父さんを見つけ出してくれたのはありがたかった。水無月から出ていっても、時々隠れて両親や、僕たち甥や姪に会いに来てくれた人だった。ここ数年は行方知れずで、東京湾に沈められたという噂もあったし、正直心配していたからな。……だけど、わからないじゃないか。信用していた人間が裏切るのは、水無月にとって日常茶飯事だ」

視線を横に流し、僕は声を低くして言う。悟ったような、諦めたような言葉を。

「ボン〜〜〜。弥生《やよい》ちゃんの件、まだ引きずってはるんですかあ？」

皐太郎が首を傾げて、わざとらしい嫌味な口調でその者の名前を出す。僕は思わず皐太郎を睨んだ。

水無月弥生。

六花さんが来る前に本家に仕えていた若い女性の使用人のことだ。僕より四つ年上で、生まれながらの伏見一門の人間だったから、僕たちは皆彼女のことを信頼していた。

だが弥生は裏切った。誰の差し金か、寝ている僕を刃物で刺し殺そうとして、それが失敗するとそのまま行方をくらませたのだった。

そういう経緯があって、本家には使用人がいない。心から信用できる人間を、千鳥のお祖母様ですら測りかねている。

そう。以前はこんな風に、僕が命を狙われるのは日常茶飯事だった。

しかし皐太郎の言うように、六花さんが現れてからというもの、分家の連中の動きが鈍《にぶ》い。やけに大人しいのだ。

「分家の連中からしたら、六花さんの存在はよっぽど脅威なのでしょう。遺産騒動自体が、六花さんの出現によってなくなる可能性がある。なんせ〝天女の羽衣〟なんていう代物は、見つけ出したところで本家の女長子にしか扱えへんと聞きますし」

「…………」

「六花さんの神通力も未知数ですし、先走って六花さんを傷つけたり、何か下手を打てば、分家としての立場を失いかねません。今はきっと様子見した方がええと考えてはるんでしょう。ボンと違って、輝夜姫《かぐやひめ》が本家にいることは至極真っ当。そこに手を出すとなれば、相応のタイミングといいますか、それなりの大義名分が必要ですから」

「……大義名分、か」

「ま、要するに、分家連中はボンを殺すことに躊躇《ちゅうちょ》はなくとも、本家の輝夜姫である六花さんに手を出すことは、恐ろしくて仕方がないってことです」

「僕を殺して、六花さんを本家の当主とし、分家どもが他の花婿《はなむこ》を立てる可能性は？」

「それはまあ、ありえるでしょうね。せやけど、ならばどの分家がそれをやるのかという話になります。分家もまた分家同士で睨み合っている。どこかで誰かが、勝手に抜け駆けせえへんように」

皐太郎の見立ては、そう間違ったものではないだろう。

だけど、僕は……

「僕には、この状況が、嵐の前の静けさとしか思えない」

平穏な日々が続けばいいのに。

このまま何も起きなければいいのに。

そう思いながらも、頭のどこかで、そうはいかないだろうとわかっている。

長浜の水無月の信長《のぶなが》が、あの時、僕の耳元で呟いた。

龍が目覚めるぞ、と――

「まあ、動く時はいずれやってきます。今日やないというだけで」

皐太郎はサラッと言ってのけ、僕の方を一瞥してから、嫌味ったらしく口角を上げた。

「今はただ、六花さんと過ごす平穏な日々を楽しんで、少しでも彼女に好かれておくのが先決です。彼女はまだ傷だらけなんですから、ボンがそれを、癒やしてあげないと」

「………」

「それがあなたの、今後の武器となるのですから」

皐太郎の口ぶりには、熱がない。

六花さんと積み上げる信頼や、彼女の健気な想いが、まるで、本家の威信を保つためだけのもののようで、嫌気がさす。

だが、それを否定できないだけの理由が、本家にはある。

先代の隠した、水無月家最大の家宝、天女の羽衣。

水無月家の遺産騒動とはこの〝天女の羽衣〟を巡る本家と分家の権威争いなのだが、天女の羽衣を見つけ出して手に入れたところで、それを使える人間が必要になってくる。

すなわち、本家の女長子・輝夜姫——

六花さんの存在が隠されていた頃は、ただ〝天女の羽衣〟を確保すればいいというだけのシンプルな話だった。しかしそうではなくなったから遺産騒動は新たな局面を迎え、分家は〝企み〟を練り直している。

しかし必ず、きっともうすぐにでも、事態が動く。

無理やり動かす者が、現れる。

「あらま」

そんな時だった。皐太郎が珍しい声を上げて、少々驚いた目をしてスマホを見ていた。

僕は眉間にシワを寄せる。まさか六花さんに、何かあったんじゃ……

「ボン。六花さんどこへ行かはったと思います？　あなたのお母様の眠る、下鴨の病院ですよ。どうやら霜門さんが一緒のようです」

「……え？」

それは、僕にとって予想外の状況だった。

第九話

恋煩いに落ちていく（二）

目を開けて、最初に見えたのは白いシーツ。

私は病室のベッドに、突っ伏していたようだ。

「起きたかい、お嬢ちゃん」

「……霜門《しもん》さん」

振り返ると、病室の扉に、人間の姿の霜門さんが背を付けて立っていた。

誰も人が来ないよう見張っていてくれたのだろうか。

というか私、どれくらい眠っていたのだろう。開け放たれた窓辺のカーテンがゆらゆらと揺れて、風が夏の夕方の匂いを運び込む。

何だか、まだ夢の中にいるかのような心地だ。

時折頭が、ズキン、ズキンと痛む……

「照子《てるこ》には会えたかい」

「……はい。夢の世界で、色んなお話をしてくれました」

頭を押さえていた私は、ハッとして照子さんを確認する。

照子さんは、私がここへやってきた時と何ら変わらない姿、表情で眠り続けていた。

さっきまで、この人と会い、お話をしていたことが嘘のようだ。

「照子は、戻ってくると言ったか？」

「……いいえ。自分が戻ると少し厄介なことになる、と言っていました」

「何？」

「どういうことなのでしょう。私、よくわからなくて……。っ……」

「おい、大丈夫かい、お嬢ちゃん」

椅子から立ち上がろうとした時、やはりズキンと頭痛がして、頭を押さえた。

今度は少し強めの痛みだった。

照子さんの記憶で作られた夢の世界を覗き、その中を渡り歩いたからだろうか。

何だか目眩《めまい》もしてくる。貧血の時と同じような感覚だ。

「無茶するな。夢幻病患者の夢に入るなんて、そうそうできることじゃない。お嬢ちゃん、かなり神通力を消耗したんだろう。少し休んだ方がいい」

「は、はい……」

ふらふらしていると霜門さんが私を支えてくれた。

夢の世界と現実の世界の区別が、まだつかない。

私たちは病院の中庭に出て、少し休むことにした。

病院の中庭は花壇のある広場になっていて、所々に休憩できるような長椅子《ながいす》があった。

私は長椅子に腰掛け、散歩をしている患者さんや、その家族と思われる人々をぼんやりと見ていた。チラチラと目の端《はし》に映るのは、花壇に咲く黄色の花。

夏だから当然だけれど、中庭の花壇にもひまわりが咲いている。

夕方で木々に囲まれた病院だからかもしれないが、夏でもあまり暑くはないが、セミの鳴き声が降るように聞こえてくる。

「ほら。これ飲んで少しじっとしてな」

霜門さんが、どこからか林檎のジュースを買ってきてくれた。

霜門さん、お金持ってたんだ……なんて思いながらも、ありがたくいただく。

一口飲んだだけで水分と糖分が体に染みていくのがわかる。そのくらい喉《のど》が渇いていた。

「少しはよくなったかい、お嬢ちゃん」

「はい。ありがとうございます」

「照子はお嬢ちゃんに、何を見せたんだい」

「色々と。若い頃の皆さんを」

「ほお?」

背もたれに肘《ひじ》を置いて缶コーヒーを飲んでいた霜門さんは、興味深げな表情になる。

私はというと、ただぼんやりと、病院の中庭の花壇に咲くひまわりの花を見つめている。

やはりまだ、どこか夢見心地だ。そんな自覚があった。

「お父さんやお母さんの若い頃の姿も……見せてもらいました。霜門さんの言ってた通り、若い頃のお母さん、とても溌剌《はつらつ》としていて、素敵だった……」

「お嬢ちゃん」

「あ。霜門さんもすぐにわかりました。キラキラした人がいたから」

チラッと隣に座る霜門さんを見上げる。

夢の中で見た美青年は、すでに渋さを漂わせる大人の男性だ。

しかし得意げな顔はそのまま、霜門さんは顎に手を添え、長い足を組んで格好つける。

「ふふん。だろうだろう。俺は美形揃いの水無月《みなづき》の中でも断トツのイケメンだったからな」

「あはは」

「ああ〜、俺があと十歳若けりゃなあ。お嬢ちゃんだって文也《ふみや》じゃなく、俺にメロメロだったはずだぜ」

「……あはは」

「何だその、乾いた笑い方」

いや、ごめんなさい。やっぱりまだ疲れているみたいだから……

本当は、霜門さんに聞きたいことが色々とあった。

どうして私のお父さんを、水無月から逃がしたのか。

どうして天也《てんや》さんは死んだのか。

水無月の歪みとは、何なのか……

ただ、疑問が頭の中で渦を巻いて混じり合い、頭痛になって思考を止める。

もう、どこからどう聞いていいのかわからなくなる。

何を聞いたところで、水無月で育っていない私には、わからないことばかりのような気がしていた。

と、その時だった。

目の前にふわりと、空から白い布のようなものが舞い降りた。

いや違う。白い布ではなく白衣だ。それでいて降り立ったのは、誰か、だ。

「四十路のおっさんが病院で若い娘をナンパって。はあ〜、呆れた」

空から舞い降りたその人は、華やかな出で立ちの女医だった。白衣を纏い、艶《つや》のあるハイヒールを履き、低めの声をしていて、霜門さんに向かって辛辣《しんらつ》な言葉を連ねる。

「あんたなんて、東京湾に沈められたまま死ねばよかったのに」

「げ」

誰だろう。巻いた髪を後ろで束《たば》ねていて、化粧がバッチリ決まっている。ぽってりした唇《くちびる》が特徴的な、綺麗な女性だ。

霜門さんはというと、さっきまでの自信満々な態度はどこへやら。

すっかり怯んで萎縮《いしゅく》してしまった。

霜門さんは泳ぎがちな目でその女医さんを上から下まで見て、

「お、お前こそ……相変わらずハイブランドで身を固めてやがる。ハイヒール履いた女医なんてドラマ以外で見たことねーよ。そんなんだから四十路のくせに独身なんだよ！」

慌てていたのかパニック状態なのか、とんでもない悪態《あくたい》をつく。

しかし目の前に現れた女医さんは「はっ」とわざとらしく笑って、余裕と皮肉を織り交ぜた笑みを浮かべた。

「私はこうやって、自分の稼いだ金で武装してんのよ。働くモチベを保つための投資であり、お前のような男を怯ませるための装備だ。そもそも私は走る必要がない。だからハイヒールでもオールオッケー。つーか四十路の独身はお互い様だろうが。そもそも誰のせいで独身だと思ってんだ？　こら」

女医さんは見た目のインテリ具合とは裏腹に、大層口が悪い。

更には、まるで生ゴミでも見るような侮蔑《ぶべつ》の視線を霜門さんに向け続けていた。

霜門さんはというと、何か弱みでも握られているかのごとく縮こまり、冷や汗だらだらだ。

私はしばらくぽかんとして二人のやりとりを見ていたけれど、その女性の顔に見覚えがある気がして、さっきからずっとそれを考えている。

このぽってりした唇……どこかで……

ハッと思い至り、それが誰だったのかわかった。

そうだ。照子さんの夢の中で、私はこの人を見ている。

照子さんが大学に忍び込み、六蔵《りくぞう》の後を追いかけていたあの時、後ろでやんわり注意していた女性がいた。あの頃から雰囲気が随分と変わっていたためすぐには気がつかなかったけれど、間違いないと思う。確か、名前は……

「そうだ。神奈《かんな》ちゃん！」

「え？」

「……さん」

初対面の大人の女性に対し「ちゃん」呼びはないだろうと、後から慌てて「さん」を付ける。しかしもう遅い。

「誰よこの子。どこの水無月の子？　もしかして私のファン？」

神奈さんは名前を呼ばれて訝《いぶか》しげな表情だったけれど、無理もない。

なかなか高圧的な視線に見下ろされ、私は身を竦《すく》ませた。

隣の霜門さんは、なぜかここでしたり顔になる。

「おいおい神奈。お前、このお嬢ちゃんにそんな口の利き方していいと思ってんのか？」

「は？」

「聞いてないのかよ。本家に六蔵の娘が来たって話。現当主・文也の許嫁としてな」

「…………」

「このお方は本家の〝輝夜姫《かぐやひめ》〟であらせられる水無月六花《りっか》様だ。立場ってものをわきまえろよ、水無月神奈」

霜門さんのネチネチした言い回しに対し、神奈さんはしばらく真顔だった。

そして今度は彼女が冷や汗タラタラになって、顔色も青ざめていく。あの余裕な態度はどこへやら。カッと目を見開いたかと思うと、突如私の目の前で土下座し、その額が地面にくっつくのではないかと思うほど深く頭を垂れたのだった。

「大変……っ、大変失礼いたしました！」

彼女は周囲に響き渡るほど大きな声で私に謝る。

「お初にお目にかかります六花様。わたくしは奈良・天川の水無月が長老の孫娘、水無月神奈と申します！　天川の〝弁天《べんてん》〟の名を襲名しております」

天川の……

「弁天？」

神奈さんの仰々しい対応に私が口を半開きにしていると、霜門さんがますますニヤついて言う。

「聞いてないかいお嬢ちゃん。水無月には二つ名を冠した女性がいるって話。お嬢ちゃんは本家の〝輝夜姫〟だろう。こいつは天川に代々伝わる〝弁天〟の名前を継いだ女って訳だ。弁天の名前は〝飛行〟の神通力を持つ女に与えられる決まりだからな」

「……凄い。飛行ということは、空を飛べるんですか？」

「今だって、上の診察室から飛んでここまで来たんだぜ、この女」

霜門さんが、背後の病棟の三階辺りを指差した。

そういえば夢の中で、照子さんに手を引かれて空を飛んだことを思い出す。

凄く怖かったけど、飛行の神通力を持っている人はあれが日常な訳で……

「まあ確かに〝飛行〟は天川一門の女にしか発現しない限定的でレアな神通力だ。天女らしい力だから特別扱いされて〝弁天〟なんて呼ばれる。だからこいつは付け上がって、常に上から目線で偉そうなんだ」

神奈さんは一度顔を上げて、キッと霜門さんを睨みつけた。しかしすぐに額を地面に擦り付ける。

「あ、あの。あの。頭を上げてください。私そんな大層な者じゃありません……っ」

こんなに畏《かしこ》まられたのは初めてで、私もどうしてよいかわからなかった。

本家の輝夜姫ってそんなに特別なのだろうか？　こちとら恐縮するばかり。

「いいんだぜお嬢ちゃん。この女、自分より目上の人間にペコペコする機会が減っていたと見える。だからこんなヘマをやらかす。いい気味だぜ」

「霜門。お前のことはいつか私が解剖して、ホルマリン漬けか剝製《はくせい》にしてやる。カエルだろうがトンビだろうが、猫だろうがニホンザルだろうが中年オヤジだろうが。どんな姿で死んでも大丈夫だから、安心しろ」

神奈さんに下から睨み上げられ、低い声で淡々と脅され、霜門さんが凍《こお》りつく。何か恐ろしいことでも思い出したのだろうか。

この二人、とても仲が悪いみたいだけど水無月の一族という以外では、どういう関係なんだろう。照子さんと神奈さんは仲がよさそうだったから、同世代の幼馴染みとか……？

「先生！　神奈先生！」

その時、看護師さんが病棟の三階の窓から神奈さんを呼んでいた。

神奈さんはハッとして立ち上がると、

「六花様、改めてご挨拶に伺います」

私に丁寧に頭を下げ、霜門さんには「死ね」と悪態をついてから、白衣をなびかせツカツカと足早にこの場を去った。

少し向こうでフワリと宙に浮き、呼ばれた三階の窓から院内へと入る。

凄い。ごくごく当たり前のように、空を飛んでいた。

「はあ〜。かっこいい人ですね。働く女性という感じで」

あの白衣姿と颯爽《さっそう》とした背中には、憧れの気持ちを抱いてしまう。

医者という人の命を救う立派な仕事をしていて、自立していて、強く逞しくて。

「まーな。だが性格がキツい。化粧もケバい」

「……霜門さんは神奈さんと、仲が悪いのですか？」

「あー。俺たちな、もともと許嫁同士なんだよ」

「え」

「俺が水無月を出て東京に行く時、あいつとは婚約解消したんだ」

私は無言になって、少し考える。

「それは……水無月の人間でも簡単にできるのですか？」

「簡単じゃねーよ。ただ、お互い結婚したくなかったし、やりたいこともあったから、協力しあって天川の長老を説得した。というか俺が天川一門を破門になった。その時は本家もゴタゴタしてたし、俺には六蔵を逃がした罪もあったし、意外とあっさり上手くいったぜ。神奈は天川の総領娘だったから、俺を切り捨てることで天川は体裁を保ったんだ」

「…………」

「いやいや、そんな目で見るなよお嬢ちゃん。全く悲劇的な話じゃねえよ。そのおかげで俺も自由になったし、東京で夢を叶《かな》えたんだからな」

夢……

それは眠る時に見ている夢と違って、未来の目標の、夢。

水無月の人間なので、許嫁が決まっていることは珍しくないけれど、霜門さんと神奈さんが許嫁同士だったとは驚きだ。そして円満に婚約解消しているというのにも。

そう考えると、さっきまでの嫌味の応酬も、見え方が変わってくる。

神奈さんは霜門さんがここに来ていると知って、わざわざ顔を見に来たのだろうから、何だかんだ言っても今も元婚約者を気にかけているのかもしれない。

霜門さんがこの病院に来た目的も、妹の見舞い以外に、神奈さんに会いに来たというのもあるのかも。

霜門さんも、やれやれと肩を竦めつつボヤいていた。

「ま、腐れ縁ってやつだ。お互いずっと独身を貫くだろうが、じーさんばーさんになるまで嫌味を言い合って、生存確認してるんだと思うぜ」


しばらくして病院を出た。

本当はまだ少し疲れが残っていたけれど、私は早く本家に戻りたかった。文也さんには夕方に戻ると伝えているし、遅くなると心配をかける。

だけどまた、ズキンと頭が痛むのだ。

「おいおい、大丈夫かお嬢ちゃん。いっそ病院で診てもらうか？」

私が頭を押さえると、霜門さんが心配そうにして、私をつれて病院に引き返そうとした。

「いえ、大丈夫です。大ごとになったら文也さんに迷惑をかけてしまいます。私、黙ってここへ来ているんです」

「迷惑くらいかけてやれ。お嬢ちゃんは何つーか、周囲に気を遣いすぎている。もうちょっと偉そうにしたっていいんだぜ。神奈の慌てふためきようを見ただろう。それくらい、水無月じゃお嬢ちゃんの存在は絶対的なんだから」

「…………」

苦笑いしかできなかった。ただ本家の長子として生まれたというだけで、偉そうにできるほど私は気が大きくない。

ふと、風向きが変わった気がして顔を上げる。

私はハッとして立ち止まる。

「……文也さん……」

病院から、連絡があったのだろうか。

病院の敷地を出てすぐの場所に文也さんが立っていて、あまり見ないような険《けわ》しい表情をしていた。その表情を見て、私は自分がやってしまった過ちに気がつく。

「これはどういうことですか、六花さん」

その淡々とした声に、私は動揺した。足が竦んで、視線を文也さんから逸らしてしまう。

「あ、その、すみません」

「どうして謝るのですか」

「……私、文也さんに嘘をつきました」

その声から伝わってくる。私が文也さんに嘘をついてここへ来たことに対し、文也さんがピリピリと緊張していること。

私は、もしかしたら、文也さんを大きく失望させてしまったかもしれない。

「おいおい文也。そう怖い顔すんなって」

「怖い顔なんてしていません。生まれつきこんな顔です」

そう言って、文也さんはキツく霜門さんを睨んだ。

「霜門伯父さん、これはあなたの計らいですね。僕に内緒で六花さんを勝手に連れ出し、母のもとへ連れてきて、いったい何をしようとしていたのですか」

今回のことは、全て霜門さんが企てたことだと思っているようだ。眉を寄せ、疑念に満ちた目をして、霜門さんを見ている。

慌てて私が否定する。

「ち、違うんです。私が霜門さんに相談したんです」

「相談？　霜門伯父さんに？　いったい何を……」

「……その……」

どうしてだろう。上手く喋れない。

頭が真っ白になって、思考が定まらず、言葉が出てこない。

私はどうして、ここへ来ることを文也さんに言えずにいたんだっけ。

だけど、内緒で彼らの母に接触することがいかにありえないことか、よくよく考えたらわかることだ。

文也さんは眉を寄せ困った顔をしていたが、私の言葉を待ってくれていた。

ただ、霜門さんは私の様子を見てから言う。

「文也。お嬢ちゃんは天女の神通力を酷使して消耗している」

「神通力を？　なぜ……」

「だからもう少し待ってやれって。あんまりせっかちだと嫌われるぞ」

嫌われる、という言葉に思うところがあったのだろうか。

文也さんはグッと複雑そうな表情になり、視線を斜め下に流す。

「別に、怒っている訳ではありません。僕はただ、どうして一言、言ってくださらなかったのかと。……僕がまだ大人に思えなくて、頼りないのはわかります。しかし分家の人間たちがどう動くかわからないのです。僕の知らないところで六花さんに何かあっては……」


そこまで言って、文也さんは私の顔を見て、ハッとしていた。

私、どんな顔をしていたのだろう。

「……ごめんなさい。違うんです。私、わからなかった、から」

今になって、私は声を震わせ、囁いた。

「お母さんというものが、わからなかったから」

どうしてか、涙が込み上げてきた。瞬きすると、大粒の涙がポロポロと零れ落ちる。

私はその涙を自分の手で必死に隠そうとしていた。今泣くのは、卑怯な気がしたから。

だけど、そう。

わからなかったから、言えなかったのだ。

だって照子さんは彼らの大切な〝お母さん〟だった。

文也さんや葉《よう》君や卯美《うみ》ちゃんにとって、母親の存在がどれほど偉大で大切だったのか、私の物差しじゃ測れなかったから。

照子さんの声が聞こえたと言って、目覚めを予感させて、期待させて……

それでダメだった時、何も起こらなかった時、どれほど絶望させ、悲しませることになるかわからなかった。

実際に、照子さんは戻ってきてはくれなかった。私の力や説得では無理だった。

文也さんに嘘までついてここに来たのに。

結局それが裏目に出て、文也さんを失望させてしまった。

私はただ、文也さんの役に立ちたかった。だけど、あなたを悲しませたくなかった。

そんなことをグルグルと考えて、正解もわからなくて、結局、文也さんに言わずに照子さんに会いに行くという選択をしてしまったのだ。

「六花さん……」

情けなさが極まりポロポロ泣く私を見て、文也さんは慌てて駆け寄る。

「すみません、六花さん！」

そして、私の言いたかったことを、おそらくいくつか察してくれて、強く抱きしめてくれた。

「あなたを疑った訳ではないのです。すみません、何もかも、僕たちのためだったんですよね……っ」

どうしてだろう。体の力が抜けていく。

文也さんに抱きしめられたまま、ぐったりともたれ掛かって、もう立っていられない。

「六花さん？　六花さん！」

そんな私の様子に気がついたのか、文也さんが私の体を支えながら、何度も私の名前を呼んでいた。

頭が痛い。気が遠のく。

せっかく文也さんの腕の中にいるのに、その温もりすら遠ざかっていく。

「六花さん、額に……っ。伯父さん、神奈を呼んできてください！」

「ああ、わかってる」

額？　額がどうしたのだろう。

だけどもう、どんなに頑張っても瞼が上がらない。

何だか深い闇に、抗《あらが》えない眠りに落ちていくかのようだ。

このまま落ちて、落ちて、落ちて――私はいったいどこへ辿り着くのだろう。

〇

六花さん。六花さん。

私の声が聞こえますか？

文也に『踏ん張りなさい』と。

葉に『希望を捨てないで』と。

卯美に『また会いにおいで』と、伝えてください。

子どもたちを『永遠に愛している』と。


お願い、六花さん。あなたにしか頼めない。

あの子を、あの子たちを助けてあげて。守ってあげて――

○

夢の終わりは、いつも突然で。

私は目覚めと同時に、衝動的にガバッと起き上がり、無意識のうちに誰もいない方へと手を伸ばしていた。

はあ、はあ、と荒い息を少しの間整える。

照子さんの嘆きの声が、今もまだ脳内に響いている気がする。

だけど徐々に、夢世界の嘆きの声は遠ざかり、現実世界が追いついてきた。

ミーンミーン。ミーンミーン。

夏のセミが命を燃やして鳴いている。

縁側から見えるのは、青い空と白い入道雲。そして深い緑の嵐山。

頬を汗が流れ落ちる。チリンと、縁側の風鈴が鳴る。

ああ、ここは水無月の本家だ。

暑い。喉がカラカラに渇いている。

「……六花さん？」

私が目覚めていることに気がついたのは、文也さんだった。

彼は古い書物のようなものを持って、ちょうど私の寝ているお座敷に来たところのようだった。驚いたのか、その本を足元に落とし、それを気にすることなく慌てて私のもとに駆け寄ると、側で膝をついて私の体を抱き寄せる。

「六花さん！　よかった。よかった、目覚めてくれて」

「……？」

不意に抱きしめられ、私は目をパチクリとさせた。

ますます自分の状況がわからなくなる。私、そもそもどうして寝ていたんだっけ。

「六花さん、神通力の消耗が祟《たた》って、昨日からずっと目を覚まさなかったんです。僕は、あなたまで夢幻病に落ちてしまったのではないかと不安で……っ」

私のことを抱きしめる文也さんの体が、小刻みに震えていた。

「額には少しの間、重ね月の紋も現れて……それはすぐに消えたのですが……」

「……………」

私は自分の額にそっと触れた。

そういえば、照子さんのいた夢世界で、私は彼女と額を合わせた。

重ね月の紋が現れたことと、何か、関係しているのだろうか。

それはそうと、文也さんに随分と心配をかけたようだ。

私は何を思ったのか、抱きしめられたまま文也さんの後頭部をよしよしと撫でる。どうしてこんなことをしたのか、自分でもよくわからない。

まだぼんやりとしているのかもしれない。

「……六花さん？」

「………」

何か言いたくて口を開いたけれど、思うように声が出なかった。

喉の奥の方が乾いている。

私は文也さんの袖をちょいちょいと引っ張って、顔を見合わせる。

そして、自分の喉に触れて、声が出ないことを訴えた。

文也さんがすぐに気がついて、一度部屋を出て、何かを持ってきてくれた。

「こちら、お飲みください」

文也さんに差し出されたものを受け取る。

グラスに注がれたお水かと思ったけれど、中に何か入っているようだ。

氷……？

いや違う、これは、文也さんがこの嵐山で育てている月界植物〝宝果《ほうか》〟だ。

「宝果から溶け出す霊力は、水無月の人間が飲むと神通力と体力、気力を回復させます。ゆっくり飲んでください」

コクンと頷き、言われた通りそれを飲む。

ゆっくり飲んでと言われたのに、喉が渇きすぎていたのか呼吸も忘れてゴクゴクと飲み干し、ケホケホと少し噎《む》せてから、しばらく呼吸を繰り返す。

「だ、大丈夫ですか、六花さん」

私はコクコクと頷いた。

体の奥が冷えていき、潤《うるお》っていくのがわかる。

まるで空っぽの器《うつわ》に水が注がれ、満たされたかのよう。

もともと、天女の神通力は使いすぎると体内の水分不足に陥るらしい。私の場合それが顕著だったとかで、宝果を溶かした水を定期的に飲ませながら、少しずつ少しずつ回復を図っていたようだ。

文也さんは昨日から私につきっきりでこの水を飲ませ、看病をしてくれていたらしい。

「文也さん……すみません……お手を煩わせた、みたいで」

私はやっと声を出す。まだ少し掠れ声だけれど。

「いえ」

文也さんは眉を寄せ、首を振る。

正座していた膝の上で、拳をぐっと握りしめている。

「事情は霜門伯父さんから聞きました。六花さんは母の声を聞き、夢幻病が生み出す夢の空間に意識を飛ばしていた、と。そんなこと、歴代でできた水無月の人間はいません。当然、神通力を激しく消耗するものと思います」

文也さんは押し黙る。しばらく沈黙が続き、彼は再び口を開いた。

「何もかも、僕のせいです。疲れ切っていたあなたに気がつかず、僕は状況を問いただしました。もっと早くにあなたの容体を察し、処置ができていれば、ここまで深刻な状況に陥ることはなかったでしょう」

私、そんなに弱っていたのだろうか……？

自覚が全くないので私は目をパチパチと瞬かせるばかり。

「文也さんは悪くありません。私が文也さんに嘘をついて、勝手なことをしたから」

「ですがその嘘は、僕ら兄弟を、不用意に傷つけないためだったのでしょう？　卯美のあの様子を見ていたのですから、六花さんが慎重になるのも、無理はありません」

文也さんはそう言ってくれたけれど、私は眉を寄せ、小さく苦笑した。

「私は、結局のところ、自分に自信がなかったのだと思います」

「え……？」

「心のどこかで、文也さんたちを悲しませる結果になるのでは、と思っていたんです。照子さんの声を聞いたとして、私の力では、照子さんを目覚めさせることはできない、と。だから……」

私は淡々と語っていながら、夢の中で照子さんが告げた言葉を思い出し、グッと、こみ上げるものを我慢していた。

「照子さんは、夢の世界で言っていました。目覚める訳にはいかない、と。自分も本家に嫁いだ水無月の女だから……と」

私は何も知らなかった。

父が水無月を出ていったことで生まれた、歪み。

その裏にあった、もう一つの恋の物語を。

夢の世界で、天也さんと一緒にいる照子さんの姿を見て、私はもう、戻ってきてほしいなどと言えなくなったのだ。

文也さんは俯く私に向かって、落ち着いた口調で、確かめるように問いかける。

「六花さんは、本当に、母と会ったのですね」

「はい」

「母は、元気でしたか？」

「はい」

「父と一緒にいたのでは？」

「……え？」

それを文也さんが知っていて、私は驚いて顔を上げた。

文也さんは真面目な顔つきのまま、私の次の言葉を待っている。

「は、はい。照子さんは夢の中で天也さんと一緒にいました。ひまわり畑の真ん中で、二人仲睦まじく、手を繋いで……」

その姿が、とても眩しかった。

私の憧れが、切実な願望が、あの二人の姿にある気がして。

私には二人が、あの世界にいることこそが、何か重要なことのように思えたのだ。

「そうでしたか。やはり父は、そこに」

「どうして、文也さんはそれを知っているのですか？」

「父の思念が、母の夢の中にあるのではないかと、ずっと考えてはいたのです。父は自分の結界に〝思念体〟を残すことができましたから。それを調べる術《すべ》がなかったのですが、六花さんが母に会いに行ってくれたことで、知ることができました。もしかしたら……母の夢の世界は、父の結界の力で意図的につくられたものかもしれません」

文也さんの言っていることの意味が、私にはまだよくわからない。

ただ、文也さんはそう言いながらも、ジワリと目を潤ませていた。

「でも、そうか。よかった。両親が今も一緒にいるのなら……幸せでいるのなら」

そして目元を手で覆って、ぐっと泣くのを堪えている。

文也さんは両親が側にいなくて苦労したはずなのに、自分の寂しさよりずっと、父と母が共にあって、幸せでいることを願っている。だけどきっと心のどこかで、無条件に頼れる両親がもう戻ってこないことを、辛く寂しく思っている。

文也さんの声から、そういう感情を読み取ってしまい、私は胸を締め付けられた。

「文也さん……」

私は布団から出て膝で立ち、ふわりと包み込むように、文也さんの頭を抱きしめていた。

文也さんが私を抱きしめてくれたことは何度かあっても、自分から、こうやって文也さんを抱きしめたのは初めてだった。

「六花さん？」

「…………」

「ありがとうございます、六花さん」

抱きしめていて、文也さんの顔は見えない。どんな表情をしているのかもわからない。

だけどその囁くような小さな声を、私はしっかり、受け止めていた。

「六花さんほど……人の心の痛みに敏感で、優しい人などいません。なのに僕は、あなたのその繊細さや優しさを知っていながら、自分の不安ばかりに苛まれ、あなたを泣かせてしまいました。すみません。反省しております。……嫌いに、ならないでください」

「嫌いになんて、絶対になりません」

その言葉は、以前、私が文也さんに貰った言葉でもあった。

あの時、嫌われることを恐れていた私の心が、どれほど救われたか、きっと文也さんは知らないでしょう。

だから私は断言する。

その言葉が、感情が、どこからやってくるのかを理解する前に。

「私があなたを、一人ぼっちにさせません」


文也さんは早く大人になることを強《し》いられた人。

誰かに弱さを見せることが、命取りになった人。

だけど決して、怖いものがない訳じゃない。

これ以上、大事な人が自分の側からいなくなることを、何より恐れている。

だから、私が嘘をついて勝手に行動したことに、焦りと憤りを覚えたのだ。

それがきっと、文也さんの抱える〝弱さ〟だ。

私はやっとそのことに気がついた。

だから私は、絶対に、この人を一人ぼっちにしてはならないのだ。

「ありがとうございます、六花さん。僕はもう大丈夫ですよ」

文也さんはしばらくその身を私に預けてくれていたが、改めてお礼を言って、私の顔を見上げた。私は文也さんから少し離れて、彼の目の前にちょこんと座る。

「すみません。病み上がりの六花さんに僕の方が慰められてしまって。情けない男です。……ですが、正直とても嬉しかった。ここ最近忘れかけていた安らぎと、温かなものをいただきました」

「ほ、本当ですか？」

文也さんは少し照れていたが、私は嬉しかった。

いつも貰ってばかりの文也さんに、何かお返しができたなら。

文也さんは調子を整えるためか、ゴホンと一度咳払《せきばら》いをした後、いつも以上に凛々《りり》しい表情になってズイと顔を寄せた。

「六花さん。この際です。他に何か、僕に言えずにいることなどありませんか？」

「え？」

「僕への不満や希望があれば、ぶつけてください」

文也さんの顔は真剣そのものだった。

「六花さんにばかり甘えてしまっていては、僕も立つ瀬がありません。僕だってあなたに信頼され、頼りにされるような、大人の男になりたいです」

私はというと、グイグイくる文也さんの勢いに押され気味だった。

「……え、えと」

「何なりと、お申し付けください」

いよいよ丁寧に畳に手をついて、頭を下げる。どうしよう文也さんは本気だ。

文也さんに不満なんてこれっぽっちもない。私は十分文也さんに助けられたし、命も心も救われている。

だけど、そりゃあ、告げたいことや希望のようなものならある。

あなたが好きです。

ずっと側にいてほしい。

私が側にいることを許してくれますか？

いつか、大好きな文也さんが、私のことも好きになってくれたなら……

果てしない欲望と葛藤を脳内でぐるぐる巡らせた後、私はハッとあることに思い至り、もじもじしながら、こう言った。

「で、では……ひまわりの花を、一輪、ください」

「え？　ひまわりの花、ですか？」

私はコクコクと頷く。文也さんは予期せぬ話だったのか、少し首を傾げた。

「ひまわりの花なんて、庭にたくさん咲いていますけど……それでいいのですか？」

「はい。だって、今日の花、まだ貰っていませんから」

「………」

「これからも毎日、花をください。文也さんがくれる花が、私の宝物です。その、毎日ですよ？　結婚してからも、ずっと。サボったらきっと、私、拗ねますから」

あれ。これって結構、わがままなお願いごとでは？

文也さんも真顔で固まってるし……

言った後に焦りにかられていたら、文也さんはその頰をじわじわと赤らめ、視線を横に逸らし、口元を手で覆う。そして少々やるせない声音でこう呟いた。

「……そんな。そんな可愛らしいことを言わないでください。六花さん」

私は目をパチクリ。

文也さんはというと、自分の両頰を手でパンパンと叩いた。

私がそれにびっくりしていると、彼はスックと立ち上がり、縁側から庭に出る。

そして、燦々と降る太陽の光を浴びて育ったひまわりの花を一輪摘んで、颯爽と私のもとまで戻ってきてくれた。

「どうぞ」

「はい。ありがとうございます」

差し出された鮮やかな黄色の花を受け取り、私はそれに顔を寄せる。

ああ、日光をたくさん蓄《たくわ》えた匂いがする。

ひまわり畑で見た、憧れた夫婦の姿が、今もまだ目に焼き付いている。

いつか、私たちもあんな夫婦になれるだろうか。

＊＊＊

その日の夜。食後のまったりとした時間に、私は葉君と卯美ちゃんに、夢の世界で照子さんと会ったことを話した。

葉君と卯美ちゃんはとても驚いていた。

そして私は、文也さんを含め、三人それぞれに封筒を手渡した。

それは私が事前に用意していたもので、手紙というには短すぎるのだが、照子さんから伝えてほしいと言われた子どもたちへの言伝《ことづて》を書き記したものだった。
それを私の口から告げるのは、何か違うような気がしていた。
各々が自分のタイミングで確かめて、心に刻む言葉だと思ったから。
文也さんには『踏ん張りなさい』
葉君には『希望を捨てないで』
卯美ちゃんには『また会いにおいで』

そして『永遠に愛している』

きっと、こんなに尊い言葉もない。
母が我が子に言うのであれば、なおさらだ。
そう思いながら、書き記した。
書きながら、ポロッと涙がこぼれたのは内緒だ。
やっぱり私の口から伝えなくてよかった。私が言うと別の意味を含んでしまう。
それにしても、私は最近、泣き虫すぎるな。

裏

文也、手紙を読む。

よく晴れた真夏の夜空に、明るい月がぽっかりと浮かんでいる。

静寂の嵐山。清らかな月光を浴びながら、僕は縁側であぐらをかいて、ただ、感傷に浸っていた。

母の伝言が記された手紙を、何度も何度も、繰り返し読みながら。

「どうした文也《ふみや》。それは例の、照子《てるこ》からの言伝ってやつか」

三毛猫姿の霜門《しもん》伯父さんが、いつものごとく闇の中からヌルッと現れて、僕のすぐ隣に落ち着いた。僕はそんな伯父さんを横目で見て「ええ」と答えた。

「六花《りっか》さんが母から聞いて、手紙に認《したた》めてくれたものです」

「なんだ。嬉しくないことでも書いてたのか？」

僕の表情が浮かなかったからか、伯父さんが気にかける。

「いえ。『踏ん張りなさい』と」

「照子のやつ、長男には手厳しいな」

「……それと、『永遠に愛している』と」

伯父さんもまた、猫の目で僕をチラッと見た。

「なんでそれで、落ち込んでやがる」

「だってそうでしょう。これを書き記した六花さんは、いったいどんな気持ちだったのか……考えると」

僕は今一度、手紙に視線を落とした。

そこには『踏ん張りなさい』と『永遠に愛している』の二つの言葉だけが、六花さんの可愛らしい筆跡で書かれていた。

「彼女はこれを、自分の口で言えなかったから手紙に書いたんです。それがどういうことだかわかりますか……？」

僕はこれを読んで、すぐに悟った。


「彼女は〝この言葉〟を、自分の母に言われたことがないんですよ」

それに気がついた時、僕は六花さんの、あの言葉の意味をも理解した。

「お母さんというものがわからなかったから、と六花さんは言いました。彼女が僕らの母に会いに行った日です」

そう。

根本的に、六花さんにとっての母親と、僕らにとっての母親が、違うのだ。

母親という存在に〝愛している〟と言われたことのない自分が、安易に口に出してよい言葉ではない……そう彼女は判断したのだろう。

あるいは、ひたすら、この言葉が恐ろしかったのか。

「僕は、そのことをもっとよく考えるべきだった。それはきっと、彼女の心の大きな闇で、僕はその闇の深さを、見誤っていた」

僕が項垂《うなだ》れてどうする。

きっと今、誰より心に切り傷を負っているのは六花さんだ。

彼女は手紙を書きながら、母という存在が口にする〝その言葉〟の意味を考えて、一人静かに泣いたかもしれない。それを思うと酷く切ない。

それでも彼女は僕たちに、母の言葉を伝えてくれたのだ。

「重いのか?」

「いいえ」

僕は即答し、スッと顔を上げた。

重いのも、複雑なのも、全てを受け止めると誓って彼女を迎え入れたのだ。

「六花さん。抱きしめると、凄く細いんです」

「は? 惚気《のろけ》か?」

「違います。前に六蔵《りくぞう》さんが言っていました。六花さんは幼い頃、あんまり食べさせてもらえなかったらしいのです。水無月《みなづき》の人間にとって、食べることと飲むこと、食事がいかに大事か伯父さんだって知っているでしょう。幼い頃にそれを与えられなかったことが、どれほど苦しいことだったか」

彼女を抱きしめると、華奢な体が必ず一度強張って、少しずつ緊張が解けて、僕に身を委《ゆだ》ねてくれるのがわかる。

今、自分に与えられたものが何なのか、恐る恐る、確かめているのだ。

彼女のとっさの反応や行動から、普段は気づきにくい彼女の〝傷跡〟が見つかる。

それを見つける度に、僕は、自分がまだ六花さんのことをほとんど理解できていないのだと思い知らされる。

「ああ、なるほど。それであの時……お嬢ちゃんはあんなこと言ったのか」

霜門伯父さんがぼやいた。

伯父さんが言いたいのは、檻に入れられ本家に連行された日のことだろう。

六花さんが真っ先に気にしたのは、三毛猫姿の伯父さんが痩せていたことだった。お腹が空いているのではと心配になって、まず何か食べないかと提案したのは彼女だった。

その理由が、伯父さんにはやっとわかったみたいだった。

きっとこれも、彼女の〝傷跡〟だった。

「僕たち兄弟は、母や父に愛していると、何度も言ってもらって成長しました。母の手料理だって好きなだけ食べられた。たとえもう、両親が二度と戻ってこないのだとしても、彼らが与えてくれた愛情は栄養のように僕らの中に蓄積されていて、日々の糧《かて》になっている。辛いことがあっても、踏ん張りがきく。だけど……」

だけど、六花さんにはその栄養が全く足りていない。

幼い頃にしか蓄えられなかったものが空っぽなのだ。

月帰病を発症させたほどの大きな絶望、彼女の背負う陰、底知れぬ寂しさを、僕はどうやって埋めていけばいいのだろう。

「だったらお前が言ってやればいいじゃねーか。〝その言葉〟ってやつをよ」

霜門伯父さんは当然のように言う。

「それとも何だ。お前、お嬢ちゃんのこと実は全く好きじゃねーのかよ」

「……いえ。僕にとって六花さんは、ずっと、焦がれるような気持ちで待ち続けた許嫁です。可愛らしい人だと思いますし、健気な姿には心惹かれるものがあります」

僕はそう言いながらも、膝の上でぎゅっと拳を握りしめる。

「ですが、六花さんにとって〝愛している〟という言葉は、よくも悪くも影響力が大きすぎる。僕が一度でもその言葉を口にしてしまえば、彼女はきっと、全てを僕にくれようとするでしょう」

それはまるで、僕が僕自身の願いを叶えるためだけの、魔法の言葉のようだ。

「僕は言葉で、彼女を洗脳できるんですよ。それは、恋でも愛でもないでしょう」

今ばかりは、自分の立場が、声の力が恨めしい。

もっと単純に、素直に、純粋に、彼女に「愛している」と伝えられる人間ならよかった。

しばらく沈黙が続き、伯父さんが長いため息をついた。

「お前も深く考えすぎだ。恋も愛も、そんなにお綺麗なもんじゃねーよ」

呆れているのか、哀《あわ》れんでいるのか。

「お前が言ってやらなかったら、いったい誰が言ってやるんだ。それこそあのお嬢ちゃんが、かわいそうでならない。……ったく六蔵のやつはいったい何やってたんだか」

「…………」

「そもそもな！　お前がそんな罪悪感を抱く時点で、お嬢ちゃんのこと、ちゃんと好きなんだよ。そうじゃなかったら何もかも割り切って、結婚詐欺師のごとく〝愛してる〟だの吐きまくって、お嬢ちゃんを利用している」

「……わかっています」

そんなことは、伯父さんに言われなくてもわかっている。

僕はもう自覚している。その言葉を簡単に言えないのは、それだけ六花さんに本気なのだということ。

「わかっているから、切ないのです」

六花さんに触れる度、六花さんのことを知るほどに、この人を幸せにしたいと願ってしまう。

一方で、これから起こる醜《みにく》い水無月家の争いごとに六花さんを巻き込み、その力を必要とするであろう自分に、嫌気と罪悪感が募る。この矛盾が僕を突いて葛藤を生む。

——愛している。

例えば今、その言葉を伝えたとして、彼女の耳はきっと僕の中に潜む罪悪感や葛藤を感じ取ってしまうだろう。隠し通すことなんてできない。

幼い頃から求め続けた言葉の中に、そんなものが混じっていては、六花さんがあまりにかわいそうだ。

だけどその言葉にどんな不純物が混じっていようとも、彼女はきっと、受け止めてくれるのだろう。全力で、健気に、僕に返そうとしてくれるのだろう。

それがわかっているから、泣きたくなる。

それがとても、とても切ないのだ。

第十話　八月八日

「あら〜、兄貴、夏風邪か。馬鹿は風邪をひかないっていうけど、夏風邪は馬鹿がひくって知ってた？」

「うるさい、葉《よう》」

「隔離だ。隔離しろ。うつされたくないし！」

「……喚くな、卯美《うみ》。ゴホゴホッ」

文也《ふみや》さんはここ数日、少し咳が出ていた。

朝早くからお仕事をして、夜遅くまで何かしている。

夏休みなのに休む間もなく働いているから、疲れが出たのではないだろうか。

ずっと心配だったけど、大丈夫と文也さんが言っていたので様子を見ていた。しかし今朝、お勤めを終えた文也さんが庭で倒れ、大勢の月鞠河童《つきまりかっぱ》たちに運ばれてきたところを私が発見し、本日のお仕事を強制的にストップさせたところだ。

文也さんは頰を赤くさせ、だるそうにしていた。今はお部屋に布団を敷いて寝かされている。

文也さんのお部屋には初めて入ったけれど、古い文献や資料が、あちこち山積みになっている。庭の竹林の向こうにある蔵から持ってきたものだろうか。

「辛くないですか？　何か飲みますか？」

私はオロオロと尋ねた。

「大丈夫です、六花《りっか》さん。卯美の言う通り、うつしてしまったらいけませんから、僕のことはここに放置してくださって構いません。一日寝れば治りますから」

「で、でも……」

ピピピと、体温計が鳴る。

見てみると、三十八度六分ある。

「ダメですね。看病します」

「………」

とはいえ、ずっと側にいても気が休まらないだろう。

文也さんの額に、市販の冷却ジェルシートを貼って、私はひとまず部屋を出る。

何か、滋養のある食べやすいものを作ろうかな。

定番のおかゆか、消化によいおうどんか……

何か食べて、お薬を飲んでぐっすり眠れば、きっと文也さんも元気になるはず。

「ああっ、でもいいお薬がありません。お医者さんに診てもらった方がいいのでは」

私が廊下でオロオロしていると、葉君が自分のスマホを指差して言った。

「それなら大丈夫。さっき神奈《かんな》姉さんに電話したから」

「え？　神奈さんに？」

「六花さん、下鴨の病院で会ったんでしょ？　あの人、一応本家の主治医なんだ。忙しい人だから兄貴はあんまり呼びつけたりしないけど、呼んだらマッハで来るよ」

なんて話をした直後、本家の玄関の呼び鈴が鳴る。

玄関を開けると、そこには白衣を纏った見覚えのある女医さんが、カバン片手に立っていた。

あんまり早くて驚いた。先日下鴨の病院で出会った、分家・天川一門の水無月《みなづき》神奈さんだ。

「ご無沙汰しております六花様。水無月神奈、ご当主の診療に参りました」

神奈さんはニコニコした愛想のよい笑顔で挨拶をして、深々と頭を下げる。出会い頭の印象がガラリと変わるほど人の好《よ》さそうな笑顔だ。

「え？　え？　というか早すぎませんか？　下鴨から嵐山って結構距離ありますよね」

「飛んで参りましたゆえ」

それっていったい、どんなスピードで……？

私が驚きのあまり口ごもりながら、

「お、お、お忙しい中、ご足労いただきありがとうございます。どうぞお入りください」

と言って目をぐるぐるさせていたら、神奈さんは、

「大丈夫、今日オフでしたから。失礼いたします！」

溌剌とそう答え、ツカツカとハイブランドのハイヒールを鳴らし、本家の敷居《しきい》を跨《また》ぐ。

そして慣れた様子で家に上がり、文也さんの部屋へと向かった。

本家の主治医というだけあって家の構造や部屋の位置をよくわかっていて、文也さんの部屋まで迷うことなく直進する。

そしてスパンと、勢いよく襖を開けた。

「ボン！　また無茶をしたな！　ショートスリーパーだからって、その歳でも無茶がすぎると早死にするよ。それでなくともボンはパッと見、早死にしそうなんだから」

あ。神奈さんらしい毒舌口調に戻った。

そして神奈さんも文也さんのこと、ボン呼びなんだ……

「早死には困る。僕はやらなければならないことが山積みだ。ゲホゲホ」

「だったらもう少し体を大事にするんだね。本家の仕事を一人でこなすのは大変だってわかるけど、ボンにはもう若くて可愛い許嫁だっているんだから。若くて！　可愛い！」

「………」

「あんたまで家族を置いていくような真似《まね》したら、私は絶対に許さないからね」

文也さんは、ぐうの音も出ないという感じだった。

神奈さんは、当主である文也さんにも少し手厳しいらしい。

だけどそれは、敵意ある厳しさではなく、身内に対する心配や愛情が滲む手厳しさに思えた。神奈さんは文字通り、親戚の頼れるお姉さんなのだろう。

しばらくして文也さんの部屋から、神奈さんが出てきた。

私はすかさず尋ねる。

「あの、文也さんは……」

「ああ、疲労からくる夏風邪です。発熱と頭痛、喉の痛みといったところで。まあ、食べて寝ていれば大丈夫でしょう。ボン、夏風邪はひきやすいのですが治りも早く、ああ見えてタフですから。天川特製の薬を飲ませたいので、何か食べさせてあげてください」

「夏風邪ですと、やはりおかゆがいいでしょうか？」

「そうですね。消化のよいものがいいかと思います。おかゆ、豆腐、うどん、にゅうめん。こんなところでしょうか。あまり食欲はなさそうですが、この辺りなら食べられるでしょうし」

「わかりました。ありがとうございます」

「あ、あと冷やし飴！　ボンが作り置きしてるのがあるでしょう？　あれも飲ませてやってください」

「冷やし飴ですか？　あの、生姜の甘いジュースの？」

「ええ。ボンは声の神通力を持っているため、夏風邪などをひくとまず喉を痛めるのです。喉の痛みには生姜のよくきいた冷やし飴が効果的です」

「あ、なるほど。わかりました」

毎朝、庭仕事を終えた文也さんが飲む冷やし飴。

原液は文也さんが作ったもので、私はそれを水と氷で薄めて出していただけなのだが、冷やし飴を毎日飲むのは疲労回復だけではなく、喉のためでもあったのだろう。

というか、文也さんって夏風邪ひきやすいんだ。繁忙期で頑張ってしまうのだろうか。

これから夏は、私が気をつけて見ておかなければ……


神奈さんはもう少し文也さんの様子を見るということで、しばらく本家のお屋敷に待機することとなった。

「本家って久しぶりだなあ~。ボン、全然私を呼んでくれないから」

そんなことを言いながら神奈さんは庭に面したお座敷の縁側に向かい、そこに座り込んで、のんびりポカポカと日向ぼっこに興じる。私は座布団を持っていった。

「わ。ありがとうございます六花様」

「そこ、暑くないですか?」

「こういうまったりした時間、最近めっきりなかったからありがたいのですよ。日光いっぱい浴びとこ」

一度台所に戻り、改めて水出しの緑茶も持っていくと、神奈さんはその茶器を受け取りつつ、じーっと私の顔を見る。

じーっと私の顔を。

「な、なんでしょうか……？」

「六花様って、お母様似ですか？」

「え。あ……はい」

私は声を小さくさせて、頷いた。

そういえば、神奈さんは父と母と同じ大学に通っていたのだった。

照子《てるこ》さんの婚約者を奪った母のことを、彼女も当然知っている。

顔立ちが母に似た私を見ると、嫌な気になるんじゃないかな。

「ですが雰囲気は真逆ですね。なんていうか……六花様は少し照子に似ている気がします」

「え？」

「顔というより、背格好や佇まいが。照子の着物を着ていらっしゃるからかもしれませんが。さっき、台所に戻るあなたの背中を見た時にね、照子っぽいなって思ったんです」

「そんな、私。照子さんには到底……」

到底、似ても似つかない。あんな素敵な人。

神奈さんはまた私をじっと見て、さりげなく尋ねた。

「六花様。照子の夢に入ったんですって?」

誰から聞いたんだろう。文也さんか霜門《しもん》さんかな。

私が「はい」と答えると、神奈さんは興味深そうに私に尋ねた。

「今まで何人か夢幻病患者を診てきましたが、その夢に入り込んだ人間なんて初めて見ました。照子、なかなかの天然だったでしょ。元気にしていましたか?」

「あ、はい。それはもう。私を連れて傘を持って空を飛んで、宙に浮いた扉を蹴飛《けと》ばしていましたから」

「あははっ! 何それ、本当に照子らしい夢!」

神奈さんは額に手を当てて、堪えきれないというように笑う。

しばらく声を上げて笑った後、空を仰いで、神奈さんは「はあ~」と長く息を吐いた。

そして、ポケットからタバコを取り出し、それを吸い始めた。

「あ。すみません、六花様の前で私ったら……」

「いえ。どうぞ遠慮なく」

私はいそいそとガラスの灰皿を用意する。いつも皐太郎《こうたろう》さんが使っているものだ。

神奈さんはどこか、遠くを見ているような目だった。

「照子、子どもの頃からずっと空を飛びたいって言ってたんです。私が空を飛ぶところを、いつも近くで見ていたから」

トン、とタバコの灰を灰皿に落として、彼女は話を続ける。

「お気に入りの着物を着て、可愛いレースの日傘を持ってね。自在に空を飛べたらどんなに素敵かって、あの子、いつも夢見てた」

「神奈さんと照子さんは、その……」

「親友です。私たち、真逆の性格だったのにどうしてか気が合いました。お互いのないものに憧れて、だけど自分らしさを曲げなくていいって褒めあって、肯定しあって……そう。ずっと仲よしだった」

その言葉、表情から、神奈さんが本当に照子さんを大事に思っていたのだということがわかる。

「だから、照子が六蔵《りくぞう》様に裏切られたのを知った時、私、六蔵様が憎らしくて仕方がなかった。どうして照子があんなぞんざいな扱いを受けて、あんな惨めな思いをしなくちゃいけなかったのか……今でもわからない」

神奈さんの声色がやや変わる。

好きな人のことを語るものから、嫌いな人のことを語るものへ。

「ごめんなさいね、六花様。あなたにとってはお父様なのに、こんな話。だけど、本当に私は悔しかったの」

「……いえ。お気持ちは、わかります」

あの時、照子さんを大事に思っている人なら、誰もがそう思ったに違いない。

それでも父は母を選び、水無月の何もかもを置いて出ていった。

「だけど、幸せなんて、どこから来るかわかったもんじゃない」

神奈さんの口調が、また少し変わった。

「天也《てんや》君が照子を大事にしてくれたから、結果オーライって感じ。もともと照子に惚れてた男は水無月にわんさといたから、六蔵様が出ていった後、数多《あまた》の男が動いたって話です。まあ、天也君が抜け目なく照子の気持ちを掻っ攫っていった訳だけど。ほんと誠実なんだかしたたかなんだかわからない男だった。ボンもそういうとこ天也君に似てるっていうか……」

神奈さんは遠い記憶を手繰《たぐ》って、懐かしむような表情でくすくす笑っていた。

しかし突然、現実に引き戻されたかのような、ハッとした顔になる。

「あらびっくり。私、六花様にベラベラとこんなこと」

そして隣にちょこんと座っている私を見て、苦笑い。

「六蔵様のことも悪く言ってしまって、本当に申し訳ございません。六花様のことをどうこう思っているという訳じゃないんです」

「はい。わかっています。大丈夫です」

私は小さく微笑んで、一度頷いた。

私は大丈夫だ。そういう色々なことがあって、私が生まれ、文也さんが生まれ、私たちは出会えたのだから。

そう。幸せなんてどこから来るか、わかったものじゃない。

「六花様、あなた聞き上手ですね。男にモテるでしょ」

「……え？　い、いえ。特には」

私は耳に髪を掛けながら否定する。

前に土御門《つちみかど》カレンさんにも言われた。

聞き上手というか、私は空気になりがちなだけだと思う。

神奈さんはまた、じーっと私の顔を見ている。

「嘘だ。六花様みたいな子は絶対モテる。私、知っている。まあボンがしっかりしていれば問題ないと思いますけど、変な男に引っかからないように気をつけてくださいね。水無月には頭のイカれた男どもがわんさといますから。マジで」

「は、はあ……」

「おい神奈。お嬢ちゃんに、嫌味か褒め言葉かわからねーこと言ってんじゃねえよ」

縁側にヌルッと現れた三毛猫に神奈さんは驚いた素振りを見せつつ、ニターと笑う。

神奈さんは、それが霜門さんだとわかっているようだ。

「何だ、チュールでも欲しいのか？　ん？」

「いらねえよ」

神奈さんは「可愛くないクソ猫」と言って、二本目のタバコを嗜《たしな》み、ふうと煙を吐いて、どこか切なげなため息をついた。

「しっかし……ボンも大人になったよなあ。いい体つきになったもんだ。水無月の男はヒョロいのが多いが、ボンは程よく男らしい体つきをしている。ふふん」

そんな神奈さんの側で、三毛猫の霜門さんが毛を逆立てている。

「おい神奈。診察にかこつけて、俺の甥っ子に手ぇ出すんじゃねーぞ。犯罪だぞ！」

「ヤクザの女に手を出して東京湾に沈められかけたあんたにだけは、言われたくないね」

女医vs.猫。神奈さんと霜門さんの嫌味の応酬が続く。

神奈さんと霜門さんはもともと許嫁同士だった。仲が悪いのとは何かが違う気がするけれど、本当に不思議な関係だ……

そんな時だった。

「神奈ちゃんだ！　神奈ちゃんだ！」

兄の夏風邪はどうでもいいと言って蔵に引きこもっていた卯美ちゃんが、神奈さんの存在に気がついたからか、よく懐いた子犬のごとく、キラキラと目を輝かせ駆け寄ってきた。

「あのねえ神奈ちゃん。卯美、今欲しいゲームがあるの〜」

あれ。卯美ちゃん何だかいつもと口調が違うぞ。一人称も違う。

「んー、いいよ。おばちゃんが何でも買ってあげる」

「よっしゃあああああああ！」

神奈さんは目尻を垂らして甘いことを言うし、卯美ちゃんは野太い声で渾身《こんしん》のガッツポーズだ。

「おい神奈。卯美を無責任に甘やかすな！　お前の悪いところだぞ」

「甥っ子に養ってもらってる分際で一端《いっぱし》の伯父を気取るな。私だったら死にたくなるね」

「………………」

霜門さん、また言い負かされている。

しょぼんとしている猫の丸い背中が愛らしい。

私は台所に戻った。

文也さんに、何か滋養のあるものを食べてもらいたいと思っていたからだ。

台所の隣の部屋では、葉君が電話帳片手にあちこちに電話をしているのが見えた。

今日明日は文也さんが動けないので、来訪の予約のあったお客様に電話でキャンセルを伝えているらしい。

本家の次男の葉君。何だかんだと言って、しっかりお兄さんのフォローをしていた。

「そうだ」

私は戸棚の引き戸を開けて、立てかけてあった古い料理帳を取り出す。

その料理帳は、照子さんが直筆で書き綴《か つづ》ったもので、水無月にとって大切なハレの日の料理や、本家のご兄弟の好物などが、暦《こよみ》ごとに載っている。

その中に、夏場の食欲がない時に食べるといい料理、というのがあったのを思い出したのだった。

「そう。これ。とろろ昆布と梅のにゅうめん……」

にゅうめんは温かいお汁に入ったそうめんで、京都では定番のお料理だ。

私はさっそく調理に取り掛かる。

ちょうど昨日から水で戻していた干《ほ》し椎茸《しいたけ》があるのだが、この戻し汁を使ってかけつゆを作る。干し椎茸の戻し汁に水を加え、これを沸騰させ白だしと塩で味付けする。

もう一つの鍋で、そうめんをさっと茹《ゆ》でてしまう。

茹でたそうめんを流水で洗って、それを器に盛り付けたら、椎茸出汁の温かいおつゆをかけ、上にふわふわのとろろ昆布を盛る。とろろ昆布はつゆに浸《つ》かるとシュッと溶けたように黒くなり、とろみが出る。

梅干しは、はちみつ漬けのものがオススメのようだ。一般的な紫蘇漬けではなくはちみつ漬けの梅干しというところに、このレシピのこだわりがあるのだろうか。ちょうど、お中元でいただいた大粒の高級紀州南高梅《きしゅうなんこうめ》のはちみつ漬けもある。

梅干しのタネを取り除き、とろろ昆布の隣に添える。

見るからに、さっぱりしていて美味しそう。

少しだけ、味見用に別のお椀《わん》にとっていた分を、食べてみる。

「……んっ。意外。はちみつ漬けの梅干しと、椎茸出汁のおつゆが合うのね」

紫蘇漬け梅干しほどしょっぱい感じもなく、まろやかな甘酸っぱさが、淡白な味になりがちなにゅうめんのよいアクセントになる。とろろ昆布ともよいコンビネーション。

そういえば、はちみつって喉にいいと聞いたことがある。

文也さんは喉を痛めているし、はちみつ漬けの梅干しは、ちょうどいいかもしれない。

もしかしたら、照子さんはそれを想定して、はちみつ漬けの梅干しをオススメしているのかも。

文也さん、食欲があまりないらしいけれど、少しでも食べられるといいな。

「文也さん、失礼します」

小声で声をかけ、襖を開けて文也さんの部屋に入る。

寝ていたら側に置いておこうかと思ったのだけれど、文也さんは布団の上で起き上がっていて、熱があるだろうに、何か枕元に本を積み上げてそれを読んでいた。

「ふ、文也さん、起きていて大丈夫なのですか？」

「六花さん……。すみません、眠れなくて」

文也さんはやはりまだ頬が赤い。熱はありそうなのに……

私は布団のすぐ側にお盆を置いて、文也さんの様子をうかがった。

「にゅうめんを作ってきたのですが、食べられそうですか？　少し食べて、お薬を飲むといいと、神奈さんがおっしゃっていました」

「……はい。いただきます。ゲホゲホ」

やはり咳もあるみたいだ。

私は文也さんの背を少しさすった。

「すみません、六花さん」

「いえ。冷やし飴もあります。飲みますか？」

「はい」

差し出した冷やし飴を受け取って、文也さんはゆっくりと飲む。

ああ、なんて弱々しい文也さん。

いつも気丈で凛々しいので、こんなに弱々しい文也さんを見ていると、オロオロと心配になってしまう。

布団の横に置いた小さなちゃぶ台を寄せ、にゅうめんを置く。

お汁が熱すぎないよう気にかけて作ったけれど、食べられるだろうか……

「無理して、全部食べなくてもいいですからね。小さめのお椀に一杯だけですが、食べられる分だけ、食べてください。もっと食べられそうなら、追加で作ってきますので」

文也さんは箸を持ち、お椀のお汁をすする。その一口で、これが自分の母の料理帳のレシピだとわかったみたいだ。そういう表情をしている。

そして今度は、にゅうめんをすする。

「……美味しいです。母もよく、僕が夏風邪で倒れた時に、このにゅうめんを作ってくれたんです」

「ええ。照子さんの料理帳を参考にしました」

「椎茸の出汁の……そう。この香りと味が、懐かしくて……甘い梅干しが……好きで……」

文也さんはポツポツと感想のようなものを呟き、ツルツルと少しずつだが食べてくれた。

あまり食欲がない中でも、さっぱりと食べられたみたいだ。

さっきまで何の本を読んでいたんだろうと思って、文也さん越しに本をチラッと見てみる。表には『月界精霊目録』とある。何か調べ物でもしていたのだろうか……

食後は、神奈さんが用意してくれた天川特製の薬を飲んでもらい、文也さんが洗面台に歯を磨《みが》きに行くのにつき添い、歩くと少しフラフラするのを支える。

そしてまたお布団に入る文也さんに、

「今度はしっかり寝ていないとダメですよ。起きてちゃダメです」

私なりに強めに言う。文也さんは「はい」と素直に頷いた。

文也さんが横になるのを手伝った後、その上に薄いお布団をかける。

冷却ジェルシートを貼り直そうと思って、文也さんの前髪を分けた時、少し頬に触れてしまったのだが、やはりとても熱い気がして心配になった。

なので、改めて、ピトッと自分の手を文也さんの頬に当ててみる。

やっぱり熱い……

初めて出会った時は、何もかもが完璧に思えて、冷たそうな印象を抱かせる青年だと思った。

だけど、やっぱり人間だ。こうやって熱が出て、体が弱ることもある。

そもそも文也さんは、冷たい人なんかじゃなかった。

「……冷たいですね」

「えっ」

「六花さんの手。ひんやりと冷たくて、気持ちがいいです」

熱のせいで少し潤んだ瞳を私の方に向け、文也さんは掠れ声で言う。

「六花さんは、やはり看病、手馴《てな》れていますよね」

「あ、えっと。すみません。私、お父さんの看護が長かったので、つい……」

私はパッと手を引っ込めた。なぜか少し恥ずかしかった。

「いえ、凄いことです。こんなことをさせるためにあなたを本家に連れてきた訳ではないのに……僕の方が、こんな風になってしまって」

私は強く首を振っていた。

「文也さんは私のことも、看病してくれたじゃないですか」

神通力の使いすぎで倒れてしまった時だ。

きっとあれも、文也さんの疲労の原因の一つだったと思うのだ。

だから私は、いつもお世話になりっぱなしの文也さんに、何か返せるのならそれが嬉しい。こんなことしかできないけれど……。

「あ、すみません……っ。そろそろ部屋を出ますね」

自分がここにいると文也さんの気が休まらないだろうと思い、私はお膳を下げて持っていこうとする。

「あの、六花さん……」

立ち上がる寸前、着物の袖が少し引かれた気がして、私は振り返った。

文也さんは、火照《ほて》った顔をしたまま、私の方を見ていた。

「六花さん。あなたに、伝えたいことが……」

「……？」

「僕は、あなたを……」

文也さんの言葉は、そこで途切れた。

すう……と、そのまま目を瞑《つぶ》って文也さんは眠りについたのだ。

……え？

今、文也さんは、何を言おうとしたのだろう？

天川特製のお薬のせいかな。文也さん、一瞬で寝てしまった。凄いな。

「おやすみなさい、文也さん」

気になるけれど、今ばかりは体を休めて、ゆっくり寝てほしい。

熱に浮かされて、悪夢なんて見なければいいな。

そして目が覚めた後に、さっきの話の続きをしてくれたら、嬉しい。

台所に戻ると、葉君が冷蔵庫を開けて何かを探していた。

それでハッと時計を見て、今がもうお昼過ぎだということに気がつく。

「そういえば皆さんもお昼時ですよね！　すみません、私気がつかなくて……っ」

「ん？　大丈夫大丈夫。六花さんは兄貴のこと気にかけてやって。俺たちは、そうだな、そうめんを解禁しようかと思う！」

葉君はニコッと笑って、そうめんの束を掲げた。

貰い物のそうめんの箱を台所に出しっ放しにしていたので、それを見た葉君は無性に食べたくなったのだと言う。

ずっと封印していた甲斐があって、いよいよ食べたくなったのだ、と。

「でも麺《めん》つゆがないんだよ。さっきから探してるんだけど～」

あ、なるほど。葉君は麺つゆを探していたのか。

「市販の麺つゆは切らしています。でもそうめん用のつけつゆなら、すぐに作れますよ。大丈夫です」

「え？　本当？　麺つゆって作れるの？」

「はい」

ホッと胸を撫で下ろす葉君。

さっきはにゅうめん用のかけつゆを作ったけれど、ちょうど椎茸の戻し汁も残っている。

これを使って、かけつゆより味を濃い目にすれば、つけつゆも作れるのだ。

もともとは煮物用に昨日から干し椎茸をもどしていたのだが、こんな形で役に立つとは思わなかったな……

「しっかし兄貴が倒れると本家は全く回らないな〜」

葉君は茹でる担当で、ちょうどそうめんの封をちょきちょきとハサミで切っていた。五人分のそうめんを茹でるので、結構な量がいる。

「葉君、あちこちお電話されてましたよね。お疲れ様です」

「あはは。俺にはあのくらいしかできないしね。普段は兄貴の仕事、あんまり手伝ってないし」

「でも葉君、昔は文也さんにべったりだったのでしょう？　意外です。お兄ちゃん子だったんですね」

「え？　なんでそれ知ってんの？　どこ情報？　お母さんの夢情報⁉」

いきなり焦りだす葉君。流石《さすが》に高校生になると、兄に対し甘えん坊だった過去はほじくり返されたくないのだろうか。

「……まあ、兄貴は俺の恩人みたいなところがあるしな」

葉君はそうめんの束片手に、ボソッと呟いた。

前にも、そんなことを葉君が言っていた気がする。兄に対し恩人というのが、私にはどうにも引っかかるというか、気がかりだった。

私が小鍋を火にかけてつけつゆを作り、すぐに使うため氷水をはったボウルで冷やしていると、

「あのさ、六花さん」

「はい？」

葉君が、私に声をかける。

葉君はそうめんを茹でる用の鍋を火にかけつつ、どこか、真剣な声音だった。

「お母さんの伝言。六花さん、手紙に書いて俺たちに渡してくれたじゃない」

「……はい」

「あれさ。まだお礼、ちゃんと言ってなかったと思って。本当にありがとう」

その話を、葉君から切り出されるのは、初めてだった。

確か、照子さんから葉君への伝言は「希望を捨てないで」。

私には、何のことだかよくわからないが、美大受験や将来の夢のことなのかなと勝手に思っていたけれど……

「今になって、お母さんの言葉が聞けるとは思わなかったから、そりゃあ嬉しかったよ。

特に卯美は嬉しかったんじゃないかな。お母さんが夢幻病になって、伝心もできなくて、きっと、置いていかれたような気持ちを抱えていたと思うから」

葉君は私の方をチラッと見て、続けた。

「でもさ。俺は少し切なくもなっちゃったよ。この言葉、六花さんはどんな気持ちで手紙に書いてくれたんだろうって」

「……え?」

「君がこれを口で言えなかった気持ちはわかる。きっと兄貴も、同じことを考えてる」

「…………」

それは、照子さんが子どもたちに残した『永遠に愛している』のことだろうか。

確かに、私にとってその言葉は重い。

私は自分の母に、それを言われたことがないから。

もしかして文也さんがさっき何か言いかけたのは、このことだったのだろうかと思った。

いや、わからないけれど……

葉君は顔を上げて、台所の窓辺に飾られたひまわりの花を見て、どこか清々しい表情をしていた。

「両親のことは、もう俺も兄貴も乗り越えている。卯美はもう少し時間がかかるかもしれないけど、六花さんがお母さんと会ってくれたおかげで、少し安心できるんじゃないかと思う。自分の声が、お母さんに届いているってわかったから」

葉君は、私の方に向き直る。そして、葉君らしく明るく笑う。

その笑顔は、照子さんを彷彿とさせたのだった。

「何が言いたいのかというと、俺にとって大事な家族の中に、もう六花さんはいるんだってこと。お母さんとお父さんと、兄貴と卯美と、六花さん。みんな同じくらい大事だよ」

「……葉君」

「という訳で、これからもよろしくお願いします！　お義姉《ねえ》さん！」

「ちょ、葉君っ⁉」

「俺たちの胃袋は完全に摑まれています！　もうあなたのご飯なしでは生きていけないのです、お義姉さん！」

最後の最後で、やっぱり少しとぼけた感じで私のことを「お義姉さん」と連呼し、頭を下げる葉君。

「ああっ」

「鍋が！」

直後、火にかけていた鍋が吹き出して、慌てて火を弱める。

急いでそうめん五人分を湯がき、麵をザルに入れて流水でぬめりをとり、大きなボウルに氷水を作って、そこで麺を冷やす。色々と一段落してホッと息をつき、葉君とはお互いに顔を見合わせて苦笑い。

きっと葉君は、家族という枠組みの中で私が疎外感を抱いていないか、気にしてくれていたのだろうな。本当にありがたい。

やはり葉君ほど、上手にこの一家のバランスを取っている存在はいないし、とことん、思いやりのある人だと思う。

以前、誰より先に私のことを〝家族〟だと言ってくれたのも、葉君だった。

葉君、卯美ちゃん、神奈さん、霜門さん、私の五人でお昼のそうめんを食べ終わり、食後のまったりした時間を過ごしていた。

「あー、そうめんって久々に食べると美味しいもんだなあ。前は食べすぎて飽きすぎて、憎らしいとすら思ってたのに」

卯美ちゃんが満腹のお腹に手を当てて、天井を見上げながらぼやく。

葉君が「そだなー、お前四束も食べたもんな」と。

「私、そうめんってこの夏初めて食べた気がする。それにしても麺つゆが美味しすぎたんだけど、これは六花様が？」

「は、はい。一応、手作りです」

神奈さんに言われて、私はもじもじして頷く。

干し椎茸の戻し汁で作ったお手製のつけつゆ。これが意外と好評だった。美味しくできたのは、頂きものの干し椎茸が高級で立派なものだったからだろう。

「へっえ〜。お若いのに立派ですね。麺つゆの作り方なんて私、今も知りませんよ」

「お前はそもそも料理を全くしないだろ」

霜門さんにボソッと突っ込まれて、その横腹を笑顔でつねる神奈さん。

霜門さんは私の前で人間の姿を晒してからは、時々人間に戻るようになっていた。人間の姿で堂々とご飯を食べられるようになったのは、よかったんじゃないかなと思ったりする。以前は取り分けて冷蔵庫に入れていた分を、こそっと食べていたみたいだし。

「おっと。病院から電話だ。少し席を外しますね、失礼します」

「あったしアイス〜」

「俺は一人になれる場所を探す……」

神奈さんが電話をしに席を離れ、卯美ちゃんがアイスを求めて台所へ行き、霜門さんは再び猫の姿になって、トボトボとどこかへ去る。

さっきまで賑やかだった昼食の席が、いきなり静かになった。

私と葉君は後片付けのため、縁側を通りながら、お座敷と台所を行き来していた。

「ああ、葉君。皿洗いは私がやりますよ」

「いいっていいって。今日は俺にやらせて。料理や台所回りのことは、いつも六花さんに任せっぱなしだし」

「葉君だって、お風呂洗いとか廊下掃除とか、別のことやってくれていますし」

「今日は俺がやりたいだけだって。こう見えて皿洗い得意なのデス。部活でも洗い物はよくするしね」

「……葉君」

何だか申し訳ないな、なんて思っていたら、葉君、念動を駆使してめちゃくちゃ器用に皿洗いをし始めた。

う、うん。これなら葉君に任せた方が早いかも。

念動をちゃんと使えるようになったら、あんなこともできるようになるのかな……

私は布巾《ふきん》を持ってお座敷に行き、座卓を拭いていると、

「お内儀～」

いつの間にか月鞠河童たちが庭先にいて、眉を八の字にしてウルウルと切なげな目をして、お腹を押さえていた。

「今日の〝おきゅうり〟をいただいてないでし～。ぴえん」

「ぴえん」「ぴえん」

「あっ！　ち、ちょっと待ってて」

そういえばそうだ。今日は文也さんが熱で倒れてしまったので、月鞠河童たちの給餌《きゅうじ》が後回しになっていた。私は慌てて、ザルいっぱいの三日月瓜を持ってくる。

いつも文也さんが月鞠河童たちの餌《えさ》やりをしているのを見ている。

なので、今日は私が月鞠河童たちにおきゅうり……というかお給料を与える。

月鞠河童たちは文也さんの庭仕事を手伝う代わりに、一日一本、三日月瓜という月界の野菜を貰えるのだ。これが味だけでいうとほぼきゅうりで、月鞠河童たちの大好物。

「美味しい？」

「はいでし～」

「あ、そこ！　小さい子から奪っちゃダメよ。文也さんもいつも言ってるでしょう？」

「…………」

文也さんの真似をして月鞠河童たちに注意してみたけれど、私の言うことはあまり聞かない。しらっとしている。

うーん、可愛いやら憎たらしいやら。

「お内儀～」

そんな時だった。おっちょこちょいでドジっ子の6号が、一匹後からやってきて、庭先で不安げに私を見上げていた。

「どうしたの6号。おきゅうりいらない？」

「なんか〜、なんか〜。あっちに変なのがいっぱいいるでし」

「変なのがいっぱい？」

ふと、風の匂いと風向きが変わった気がして顔を上げる。

私の耳が、どこからか無数の足音を聞き取る。

その足音は徐々に大きくなってきて、こちらへと向かってきているようだった。

何だろう。胸騒ぎがする。

月鞠河童たちが何かを察してか、縁側からお座敷に上がり込み部屋の隅で固まって震えていた。まるで台風の日のようだ。

私は、ただそこで待っていた。

足音が徐々に大きくなってきて、庭の向こうから数人、和装の男の人たちが現れた。

一同、黒い羽織を纏っている。

誰だろう。文也さんが倒れたから、今日の来訪の予約は全てキャンセルしているはずなのに。

予約もなくやってくる客は、この水無月家には珍しい。

だからこそ不安だった。こんなにも大所帯で、我が家に人がやってきたことに——

「あ、あの、どちら様でしょうか」

私は慌てて、縁側から下駄《げた》を履いて庭先に降りる。

そんな私を見て、やってきた男の人たちは丁寧に頭を下げた。

付き人に和傘をささせ、一歩前に出てくる人がいた。黒い羽織を纏ったオールバックの髪型の、四十代くらいの男性だ。

その男性は目を細め愛想よく笑うと、私に向かって深く頭を下げる。

「これはこれは。本家の輝夜姫《かぐやひめ》、六花様とお見受けします。私は……」

と、その時だった。真横から叫ぶような声が聞こえたのだ。

「六花さん！　そいつに近寄るな！」

急いでやってきた葉君が私の前に立つ。そして目の前の男性を睨みつけた。

「水無月道長《みちなが》……っ。長浜一門の総領だ、その男は」

「え……」

長浜一門の総領――

それは要するに、あの信長《のぶなが》さんのお父さんということだろうか。言われてみると確かに雰囲気や目元が似ている。

しかしこの場に信長さんはいない。ただ、後ろの方に狐面の真理雄《まりお》さんが控えていることに気が付いた。いつもなら信長さんの付き人をしているのに……

葉君は、切羽詰《せっぱつ》まった表情だ。

それだけで、私もますます嫌な予感がしてくる。

何だかとても悪いことが起きそうな予感が。

「何しに来た、お前たち。本家に何の連絡もなく大所帯で。無礼だぞ」

葉君の緊張感が、その声から伝わってくる。

私には、この状況が意味するところがわからない。一つもわからない。

大人を呼んできた方がいいかもしれない。幸い霜門さんと神奈さんがいる……っ。

「これは失礼。しかしこちらも急を要する。ご当主はおられますかな」

「兄貴……当主は今忙しい。お前たちに構っている場合じゃない」

葉君は文也さんが夏風邪で臥《ふ》せっていることを、あえて言わなかった。

「ああ、そうかい。ならば結構」

私が少しずつ後ずさり、大人を呼びに行こうと駆け出した、その時だった。

「我々は、お前を迎えに来ただけだからな、葉」

私の耳が捉えたのは、まず、パンと弾《はじ》けるような大きな音。

そして、ドサッと何かが倒れる音。

何事かと振り返ると、葉君が胸から血を流して、地面に倒れていた。

「……え？」

最初は、何が起こったのかわからなかった。

何もわからなくて、だけど目前に広がる鮮血の色だけは、はっきりと視界に捉えている。

後から、ドクン、ドクンと自分の胸の鼓動が聞こえてくる……

水無月道長の手には、小型の銃らしきものがあった。その銃口からは煙が漂っていた。

やがて、私自身の悲鳴が嵐山にこだまする。

「葉君、葉君っ！」

私は倒れた葉君に駆け寄ろうとしたけれど、いつの間にか背後にいた真理雄さんに後ろ手に押さえられ、身動きが取れなくなった。

ジタバタともがいても、その力を振り払えそうにない。

「どうして……っ、どうしてどうして！　どうしてこんなことを。真理雄さん！」

葉君のもとに行かせまいとする真理雄さんに、私は振り返って問い詰める。しかし真理雄さんは狐面の向こうから「堪忍です、六花様」と声を絞り出しただけだった。

嘘だ。

今、いったい、何が起こったの？

目の前にあるのは、大事な家族の葉君が血だまりに伏せる姿。

葉君が、銃で撃たれたの……？

血が。血がたくさん溢《あふ》れている。こんなに血を流して、人は生きていられるの？

そんなはずない。死んでしまう。死んでしまう。

あんなに血を流していたら、普通だったら死んでしまう。

嘘だ。嘘だ嘘だ嘘だ。葉君が、死んで――

「そう、ご心配なさるな六花様。そいつをよく見て御覧なさい。死んではいない」

「え……」

「というより、死ねないのだよ、そいつは」

私はその言葉の意味が理解できていないうちから、目を見開いた。

血だまりの血が、倒れた葉君の体にゾロゾロと戻っていく。まるで生き物のように。

そして、葉君は小さく呻《うめ》き声《ごえ》を上げ、ゆっくりと動いて起き上がる。

銃で撃ち抜かれたであろう胸元の傷は、ゆっくりと塞《ふさ》がっていった。

「水無月家最大の禁忌〝不老不死〟の、贄子《にえこ》」

水無月道長の低い声が響く。

「それが本家の次男、水無月葉。――正真正銘のバケモノだ」

私は目を大きく見開き、瞬きなどできなかった。

不老不死——それは水無月で最も珍しく、最大の禁忌とされている神通力。

前に、霜門さんから聞いたことがあった。月界人には不老不死の者がいたとされ、水無月の人間にも、ごく稀にその力を持った人間が生まれてくる、と。

葉君は、要するに……

「六花さん、ごめん。びっくりさせたよね」

「葉君、そんな。そんなこと……っ」

葉君は一度私の方に笑いかけると、すぐに表情を苦痛に歪ませ、膝を折り地面に手をつく。

息が荒く、酷く消耗している。

不老不死に至るほどの治癒能力の神通力ということは、再生にそれだけ消耗するということ。前の私のように、力を使いすぎている状態なのだ。

そんな葉君の襟を摑んで、水無月道長が彼を引《ひ》き摺《ず》って、そのままどこかへと連れていこうとする。

「待ってください！　葉君をどこへ連れていくのですか？　待って！」

私が感情的な声を張り上げると、バチッと自分の体から湧き出る強い衝動のようなものがあり、私の手を摑む真理雄さんの手が緩んだ気がした。

私は真理雄さんの手を振りほどき、葉君に駆け寄る。

葉君を摑む道長さんの腕を引っ張って、

「やめてください。葉君をどこへ連れていくおつもりですか！　やめてください！」

泣きそうになりながら、訴えた。

この男に葉君を連れていかせてはならない。全身で、それだけを理解していた。

道長さんは羽虫にでも纏わり付かれたかのような、鬱陶《うっとう》しそうな目をした後、

「では、六花様もご一緒に参りましょう」

葉君を側にいたお付きの一人に押し付けると、今度は私の腕を摑んで、そのまま私も連れていこうとする。

「や……っ、やめてください！　放してください！　いったいどこへ……っ」

「どこって、我が長浜の水無月ですよ。水無月家の始まりの場所、天女降臨の聖地です。六花様にはぜひいらしていただきたいと思っておりました。盛大におもてなしいたしますよ。よい余興もご覧いただけるかと」

私を見下ろす、その得体のしれない冷たい笑みに、ゾッと怖気《おぞけ》がする。

このまま連れていかれたら、私と葉君はいったいどうなってしまうのだろう。

「二人を放せ」

ハッと振り返る。

いつの間にか縁側に、文也さんが扇子を開いて立っていた。

文也さんの神通力、声による命令——それが道長さんに効いたのか、彼は一度、パッと私の腕を放す。がしかし、道長さんは再びすぐに私の腕を取り、逃さないというように自分の方へと引き寄せた。

「い……っ」

強い力で摑まれて、腕に痛みが走って思わず顔を歪めた。

文也さんはゲホゲホと咳《せ》き込み、縁側で膝をついている。

文也さんは熱があって、体もキツいはず。その神通力を十分に発揮できないのだ。

「おやおや、ご当主は体調が優れぬようだ。声の力も満足に使えず、大事な弟も許嫁も、取り返せないとは」

道長さんは文也さんの様子を見て、ますます口角をつり上げる。

そして、周囲の人間に目配せして扇子を構えさせた。

「ボン！」

騒ぎを聞きつけたのか神奈さんが戻ってきて、咳き込む文也さんの側に駆け寄った。

そして庭で捕らわれている葉君や私を見て、とても驚いた表情をしていた。しかしすぐに状況を察したのか、道長さんを強く睨む。

「道長……っ！　お前、分家の頭領ごときが本家にこんなことをして、タダで済むと思っているのか！　伏見も天川も黙ってないぞ！」

「おやおや。神奈先生ごきげんよう。本家にいらしたのですね。なあに。長浜が使命を全《まっと》うすれば全てが正当化される」

「ふざけるな！　この状況は一族の規約違反だ！　お前の母親の性悪クソババアをうちの病院から追い出してやろうか！」

「うーん、それは困った。他に引き取り手もないというのに……」

道長さんは苦笑しつつ、片目を眇めた。

「余呉湖の龍、ミクマリ様の目覚めが数年早まったのだ」

「⁉」

文也さんと神奈さんの表情が、一瞬で凍てついた。

それを見た道長さんは満足げな笑みを浮かべ、ますます饒舌《じょうぜつ》に語る。

「わかるだろう。今すぐにも生贄を差し出さねば、龍の怒りがこの国に甚大な災厄をもたらす。それを阻止するのが水無月の役割であり、我らが長浜の絶対の使命。神奈先生も儀式の重要性はご存知のはずだ」

「……それは……っ」

「不老不死の者は、龍に食わせる以外に殺してやる方法もない。ゆえに、誰にもこの儀式を、止めることはできない。たとえ本家の当主でも」

その言葉を聞いて、私は以前、伏見で信長さんが私に教えてくれた話を思い出した。
長浜の水無月は、凶悪な龍の姿をした月界精霊を飼っている、と。
そんな化け物に、定期的に〝生贄〟を差し出している、と。
それはいったい、何でしょうかね？　あの時、信長さんはそう私に問いかけた。
要するに葉君は。葉君は……
「……葉君を、返して」
私は震えながら声を絞り出した。
道長さんは「はい？」と薄ら笑いのまま見下ろした。
私は多分、泣いていた。
「返して」
何が悔しくて、何が悲しかったのか。
それともこの先に起こるであろう、未知なる〝何か〟が恐ろしかったのか。
これが照子さんの恐れていた、水無月の〝歪み〟だというのだろうか——
地面が小刻みに揺れていた。
嵐山の木々がザワザワと風に揺られている。
セミや鳥が鳴くのをやめて、月のモノたちはヒソヒソと私に語りかける。
一帯が、噎《む》せそうなほど月の気配を増してゆくのがわかる。

私の髪を結っていた組紐が、音もなく解けて落ちる。

ほぼ同時に、真上から降り注ぐ圧迫感に、誰もが気がついた。

「!?」

「うわあっ！」

激しい地鳴りとともに、地面に亀裂《きれつ》が入りバキバキと割れ、円形に陥没する。

突然の衝撃に長浜一門の誰もが対応できず、崩れた足場に体の安定を損ね、倒れたり伏せたりした。道長さんも弾かれたように私の腕を放して、その場《そこ》に膝をつく。

「…………」

そこに立っていられたのは私だけ。

膝をついた水無月道長を見下ろし、泣いていたのは、私だけだった。

念動――

前に霜門さんが言っていた。感情の赴くままに念動の力を爆発させてみたらいいと。

それで葉君を奪われずに済むのなら、私は。

「これが本家の、輝夜姫……」

少し離れたところで見ていた真理雄さんが、畏敬《いけい》を込めたような小さな声で、そう呟いたのが聞こえた。

だけどそんなことはどうでもいい。

本家も、分家も、輝夜姫も知ったことではない。

私の頭にあったのは、大切な家族を守らなければならないという、願いと、約束だけだった。

あとがき

こんにちは。友麻碧です。

この度は『水無月家の許嫁』の第二巻をお手に取っていただきまして、誠にありがとうございます。


おかげさまで、無事シリーズ化です！

あとがきを読んでくださっている方は本編を最後まで読んでくださった方が多いのではと思いますが、はい、第三巻も書かせていただくことになっております。

友麻は巻末によく爆弾をセットしていく迷惑系ラノベ作家。

あんな終わり方をしているので、これはもう第三巻で大輪の花火（？）を打ち上げねばなるまい……（頑張ります、頑張ります、お許しください）。

さて。第二巻は、本家の兄弟の両親について六花が知るお話でした。

親世代の、色んなものを拗らせたアク強めなキャラクターが次々に出てきます。この親世代の因縁のようなものが、次の巻でも大きな意味を持ってくると思います。

第三巻は、舞台が京都嵐山から、滋賀長浜に移りそうです。

とても大きな事件が起きる、水無月家シリーズでも最重要な一冊になりそうですので、ぜひぜひ楽しみにしていただけますと幸いです。


宣伝コーナーです。

同日に、コミカライズ版『水無月家の許嫁』第一巻が発売されました。

水辺《みずべ》チカ先生の描く水無月家は非常に繊細で丁寧で、六花の心情がひしひしと伝わってくる切ないコミックスになっております。また水無月家の本家の様子がとても美しく描かれておりますので、ぜひお手に取ってご覧ください。

また、こちらも同日に、富士見L文庫さんの『浅草鬼嫁日記』シリーズ第十一巻が発売されております。『浅草鬼嫁日記』は本編最終巻で、ざっくりとした説明にはなりますが、酒呑童子伝説を下敷きにした鬼夫婦の転生もの、というような感じです。

『浅草鬼嫁日記』の番外編には、なんと文也君ががっつり登場しておりますので、もしよろしければこちらの作品もチェックしてみてください。

『浅草鬼嫁日記』と『水無月家の許嫁』は、世界観が同じで距離感の近い作品同士になっております。両方を楽しんでいただけると、より水無月家の解像度が上がるかも……？

同時発売の新刊たち、どうぞよろしくお願いいたします。

講談社タイガの編集さま。いつも大変お世話になっております。

水無月家の一巻が発売された翌日。まあ一週間くらい待たないと結果はわからんだろうな～と余裕ぶっていた私に、とても興奮した様子で「めっちゃ好調です」とお電話で速報をくださったのをよく覚えております。笑
シリーズ作品はここからが本当の勝負ではありますが、まずは最初の壁を乗り越えて、編集さんに喜んでもらえてよかった～と思って一安心いたしました。

長く愛されるシリーズにできますよう、三巻も頑張って執筆いたしますので、引き続きどうぞよろしくお願いいたします。

イラストレーターの花邑《はなむら》まい先生。今回も素晴らしすぎる表紙イラストをありがとうございました。花邑先生の描くイラストはとても華やかな色合いで、構図もバシッと決まっていて、パッと見ただけでも目を奪われる凄い魅力があるのですが、ほんのり切なさやシリアスさも感じられると言いますか……あのもう、はい、たまりません。大好きです。

今回は文也がちょっぴり六花に触れてる！　と思って一人で興奮してました。今後とも、文也と六花をよろしくお願いできますと幸いです。

そしてそして、読者の皆さま。

水無月家シリーズは一巻発売後に多くの方に読んでいただき、たくさん感想をいただきまして、友麻としても大変励みになりました。新しいシリーズを出すたびに、今度の作品は皆さまに受け入れてもらえるだろうか……という不安を抱くのが作家の常ではありますが、いつもたくさんの応援や感想をいただき、大変嬉しく思っております。引き続き頑張ってまいりますので、今後とも『水無月家の許嫁』シリーズをどうぞよろしくお願いいたします！

それでは、第三巻で皆さまにお会いできます日を心待ちにしております。

友麻　碧

本書は書き下ろしです。

〈著者紹介〉
友麻　碧（ゆうま・みどり）
福岡県出身。2015年から開始した「かくりよの宿飯」シリーズが大ヒットとなり、コミカライズ、TVアニメ化、舞台化など広く展開される。主な著書に「浅草鬼嫁日記」シリーズ、「鳥居の向こうは、知らない世界でした。」シリーズ、「メイデーア転生物語」シリーズなどがある。

水無月家《みなづきけ》の許嫁《いいなずけ》2
輝夜姫《かぐやひめ》の恋煩《こいわずら》い

2022年11月15日　第1刷発行
2024年3月4日　第5刷発行
定価はカバーに表示してあります

著者……………………友麻《ゆうま》 碧《みどり》

発行者……………………森田浩章
発行所……………………株式会社 講談社
〒112-8001 東京都文京区音羽2-12-21
編集03-5395-3510
販売03-5395-5817
業務03-5395-3615
KODANSHA

本文データ制作…………講談社デジタル製作
印刷……………………株式会社ＫＰＳプロダクツ
製本……………………株式会社国宝社
カバー印刷………………株式会社新藤慶昌堂
装丁フォーマット…………ムシカゴグラフィクス
本文フォーマット…………next door design

ISBN978-4-06-529911-1　N.D.C.913　360p　15cm

講談社タイガ

友麻 碧

水無月家の許嫁

十六歳の誕生日、本家の当主が迎えに来ました。

イラスト
花邑まい

水無月六花《みなづきりっか》は、最愛の父が死に際に残したひと言に生きる理由を見失う。だが十六歳の誕生日、本家当主と名乗る青年が現れると、〝許嫁《いいなずけ》〟の六花を迎えに来たと告げた。「僕はこんな、血の因縁《いんねん》でがんじがらめの婚姻であっても、恋はできると思っています」。彼の言葉に、六花はかすかな希望を見出す——。天女の末裔《まつえい》・水無月家。特殊な一族の宿命を背負い、二人は本当の恋を始める。

講談社
タイガ

綾里けいし

偏愛執事の悪魔ルポ

イラスト
バツムラアイコ

悪魔の夜助《やすけ》が心酔するのは、春風《はるかぜ》家の琴音《ことね》嬢。だが、夜助には悩みがある。琴音は天使のような人格ゆえに、実際に神からも天使候補と目されているのだ。愛する主人を守りたい、けれど未来の天敵を悪堕《あくお》ちさせたい。ジレンマに苦しみながらも夜助は、神からの試練として日々降りかかる事件に挑む琴音に、〝悪魔的〟に手を差し伸べる。悪魔と天使の推理がせめぎ合う、ラブコメ×ミステリー。

講談社タイガ

なみあと

占い師オリハシの嘘

イラスト
美和野らぐ

カリスマ占い師の姉が失踪《しっそう》した。代役を頼まれた妹の折橋奏《おりはしかなで》は、悩みながらもほくそ笑む。占いの依頼は、魔女の呪いから千里眼を持つ教祖まで奇妙なものばかり。女子大生の奏を案じ、想い人の修二《しゅうじ》が代役期間は傍にいてくれるのだ。占いはできない――けれど、推理はできる。〝超常現象《オカルト》〟の原因を突き止めるべく、奏は奔走《ほんそう》するが。人知の力で神秘のベールを剝《は》がす、禁断のミステリー。

講談社
タイガ

小島 環

唐《から》国《くに》の検屍乙女

イラスト

006

引きこもりだった17歳の紅花《こうか》は姉の代理で検屍に赴いた先で、とんでもなく口の悪い美少年、九曜《くよう》と出会う。頭脳明晰で、死体をひと目で他殺と見破った彼と共に事件を追うが、道中で出会った容姿端麗で秀才の高官・天佑《てんゆう》にも突然求婚され!?　危険を厭《いと》わない紅花を気に入った九曜、紅花の芯の強さを見出してくれる天佑。一方、事件の末に紅花は自身のトラウマと向き合うことに——。

講談社タイガ

ヰ坂暁

世界の愛し方を教えて

イラスト

中村至宏

映画が好きで父に恨みを持つ高校生・灰村昴《はいむらすばる》は、有沢《ありさわ》ニヒサが線路に飛び込むところに居合わせる。異世界人にして人気女優。昴と違い、人に愛される彼女が死を望むことに困惑するが、裏にはある少年の死が関わっていた。異世界病——他人と心が入れ替わってしまう病が蔓延する街で、恋が始まる。好かれるために無理をする生きづらさに寄り添った、優しく厳しい物語。